新生代作家小说 精选大系

远远的天边有座山

高满航 ◎ 著

YUANYUAN DE TIANBIAN
YOU ZUO SHAN

时代出版传媒股份有限公司
安徽文艺出版社

图书在版编目（ＣＩＰ）数据

远远的天边有座山/高满航著.—合肥：安徽文艺出版社，2020.5
（新生代作家小说精选大系）
ISBN 978-7-5396-6887-1

Ⅰ.①远… Ⅱ.①高… Ⅲ.①中篇小说－小说集－中国－当代②短篇小说－小说集－中国－当代 Ⅳ.①I247.7

中国版本图书馆CIP数据核字(2020)第024402号

出 版 人：段晓静		策　　划：朱寒冬　张堃	
责任编辑：姚衎		装帧设计：徐睿	

出版发行：时代出版传媒股份有限公司　www.press-mart.com
　　　　　安徽文艺出版社　　www.awpub.com
地　　址：合肥市翡翠路1118号　邮政编码：230071
营 销 部：(0551)63533889
印　　制：安徽联众印刷有限公司　(0551)65661327

开本：880×1230　1/32　印张：8.125　字数：160千字
版次：2020年5月第1版　2020年5月第1次印刷
定价：39.80元

（如发现印装质量问题，影响阅读，请与出版社联系调换）
版权所有，侵权必究

高满航，男，1982年生于陕西富平，中国作家协会会员。2005年毕业于中国人民解放军南京政治学院，先后在火箭军部队任排长、教员、干事、教导员等职，现为火箭军政治工作部宣传文化中心出版社编辑。在《人民文学》《十月》《解放军文艺》等发表小说100余万字。出版小说集《但见群山默》、长篇小说《竹马是不会驰骋的马》，另著有长篇小说《三十而立》《狙杀令》。曾获第三届"中华杯"全国新概念作文大赛一等奖，首届中国影视新力量创意奖，首届全军网络文学大赛一等奖，第二届、第三届、第五届长征文艺奖等10余项。

序

一声"点火"听惊雷
——高满航新作《远远的天边有座山》印象

满航那支饱蘸英雄梦想和无尽激情的文学之笔似乎专为火箭军而生,两年前,他出版了火箭军题材的中短篇小说集《但见群山默》,用朴实无华的文字把一群默默奉献于高山丛林和大漠戈壁的火箭军将士带到了我们面前。在那本集子里,他塑造了和平岁月里的铮铮火箭军,提炼出了小人物的大情怀,有些作品不但受到军内外读者的喜爱,还被列入学校图书馆配送计划,走进了中小学图书馆,让更多的青年了解火箭军、走近火箭军、成为火箭军。

满航从军十八载,除了四年的军校生活外,其余十四年都是在火箭军部队度过的。他从大山深处一个团级单位的警卫勤务连出发,先后在排长、干事、教员、教导员等岗位上历练,每一个岗位,他都干得风生水起,因而受人赏识。5年前的那个春天,我想将当时正在负责基地新闻报道工作的满航"挖"到火箭军党委机关期刊工作时,他所在基地从最高首长到处领导都舍不得放人,说他有思想、有才华,踏实能干,又在基地机关干部综合素质考核中名列前茅,已被列入后备领导干部行列,担心他若调走,单位的工作会受影响。我这个人那时候也有点性子:你越不想放行的人我越要调走,是金子放到哪儿不发光?几经周折,满航终于来到了火箭军机关,成为全军军事学核心期刊的一名得力编辑。

时间出真知,十四年基层生活让满航对火箭军有了更深刻的认识;时间也出感情,满航下笔之处皆是他那些朝夕相处的最亲爱的战友。基层官兵使他文思泉涌,是他写作的情感寄托,他则是基层官兵无私奉献的见证者和代言人。他善于观察、触觉敏锐,同一个人,在他的笔下就多出了真情实感,同一件事,在他眼里能够演绎前世今生。这种与生俱来的特质,让我们通过他的作品认识了火箭军偏远营区里与众不同的官兵们——此时此刻,我们带着情感共鸣侧耳聆听新时代火箭军官兵的《导弹兵恋曲》,跟随《导弹镖师》风驰电掣于祖国的广袤大地,送一程《此去不归》的老工程师,走进《工兵连》倾听《老兵传说》,到大山深处的基层去,把《运输团往事》和《哨所轶事》串成一首无私奉献的嘹亮军歌,在古老歌谣里怀念《我的战友罗江》,读懂《军士长的选择》,也就是读懂了老兵无私奉献的心路历程,我们《掘山为巢》,我们高歌猛进,在渐成记忆的《小黑退役记》里,重整行装再出发。

可以说,这是一部火箭军部队基层官兵的生活史,也是他们万千情感的真实再现。

满航作为军事学核心期刊的主力编辑,身上的担子很重,任务也很饱满,但是他总能化繁为简、举重若轻,统筹时间得当高效,八小时内外松紧有度。在完成期刊编辑出版任务的同时,始终紧紧地攥着手中的文学之笔,孜孜不倦地寻找、挖掘、书写"东风快递,使命必达"背后那些默默奉献的官兵生活,也收获了令人瞩目的成绩单——短短两年多,先后在《十月》《解放军文艺》《解放军报》《延河》《野草》《都市》《神剑》《橄榄绿》等报刊发表数十万字的火箭军题材小说,有的还获得了诸如第五届长征文艺奖、首届全国影视新力量创意奖等沉甸甸的荣誉,这些都是对他笔耕不辍最好的褒奖。如今,勤奋高产的满航就像挥斥方遒的统帅,一声令下,把发表过的一篇篇小说又集结在一起,便有了这本《远远的天边有座山》。

军人为战而生,和平是对军人的最大奖赏。阅读《远远的天边有座山》,我的心绪被满航笔下这些有血有肉的战友奉献于国防和军队建设的慷慨无私深深打动,他们尽忠于国不啻 30 多年前在西南边境战场上我那些以身许国再未相见的同壕战友——他们以"亏了我一个,幸福十亿人"的胸怀,为了祖国和人民的利益,慷慨赴死,在所不辞,用鲜血和生命验证了 20 世纪 80 年代最可爱的人对党和人民的忠诚度。和平时期的火箭军部队大多驻守在最为边远和艰苦的深山密林。在这里，道路不畅，消息闭塞，满航勇担使命、深怀敬意，在揭开火箭军神秘面纱的同时，以多维度的文字细致入微地刻画了新时代官兵"我无名国有名，以无名铸威名"的舍身坚守和铁血担当。

一声"点火"天地惊。火箭军是我国大国地位的战略支撑，是维护国家安全的重要基石，掌握战略威慑核心力量的每一名火箭军官兵都是这个时代的最美奋斗者。满航以笔为刀，在坚硬山石上刻下火箭军将士对祖国和人民铮铮誓言的同时，也痴情地精雕细琢，为这个隐匿深山不为人知的群体塑起雄壮威武的群像。倾听满航笔端的深情倾诉，似乎可闻"大国利剑"的惊雷之声，《远远的天边有座山》无疑是对这一惊天之声发出的激情回应。看吧，在深山、在高原、在大漠……到处是我最可爱的战友无私奉献的铿锵足迹。他们身为军人，以一腔赤诚和满身忠勇，时刻准备着许身于国，默默地在苦寒之地成长为苍翠松柏，绵延成万里关隘，其壮怀激烈，其无私无畏，其令人感佩至深处，虽千言又万语，犹是诉之不尽。

闫文博

目录

序　一声"点火"听惊雷　001

导弹兵恋曲　001
导弹镖师　022
此去不归　029
工兵连　036
老兵传说　046
运输团往事　055
哨所轶事　082
我的战友罗江　096
军士长的选择　119
我带过的那个兵　154
掘山为巢　161
小黑退役记　214

导弹兵恋曲

火车终于从接二连三的漆黑山洞里钻出,就像久被束缚的天生好动的孩子,由着性子在无边无际的广袤田野里撒起欢来,而那大片大片油绿的玉米苗,还有点缀在葱茏绿色间红砖黑瓦的房子,在风驰电掣中依次退去。

距离进站还有段时间,车厢里却早早就骚动起来,有人收拾行李,也有人不失时机地散布道听途说的稀罕事。上尉呢,这会儿竟跟个木桩子一样杵在车门口,木然凝望着车外那水泥丛林般耸立起来的一幢幢商品楼和一片片厂房。他记得去年早春,那里还是墨绿的麦地和秃枝的果园,有星散的农人荷锄松土,也见孩童们放飞绘着五彩斑斓图案的风筝。日新月异之快,犹如见惯昨日之物化作沧桑,遐想及其他,上尉忍不住生出悲伤来。

上尉虽穿便服,但部队生活在他身上雕琢出的一丝一缕痕迹都在。车门打开后,他走上站台,下意识地正了正上衣,抬头、挺胸,很快，又把身子收拢了一些。他极小心地抱着绘有动物图案的粉色盒子朝出口走去。

　　他从站台走下长长的水泥楼梯。一进到弥漫着昏黄灯光和各种气味的甬道里，他立即就被如潮水般骤然涌动起来的人群裹挟向前方。上尉放缓脚步，耸起肩膀，尽力往边上走，同时拢起臂，把提在手里的盒子护到胸前。

　　上尉望见了出口，他急切地踮起脚尖搜寻，并奋力往前。接站者众多，有人呼喊，有人招手，那些陌生人见到思念之人兴高采烈。而他呢，却终究是寻而无果。直到他出了车站，立于站前广场的中央，才彻底死了心。

　　上尉心底那哀伤的种子在脸上结出饱满的沮丧。白日当头，灼热袭来，他仰头望，那巨大的火球如炉中之煤，正当头熊熊燃烧着，他双眼涩痛，感觉那五味杂陈的泪要如溃堤之水涌出。他闭上眼，把头深深地低了下去。上尉清楚，不来，等也无用；若来，势不可当。心与心是有灵犀的，这边的导火索是那边的爆炸之源，谁也骗不了谁，谁也将就不了谁。上尉忆起了去年春日里的欢愉，他答应她永远在一起，他欣喜以为能够一生一世。可结果呢，美好的日子在高温的炙烤下迅速发酵，变质成了截然相反的模样。有两滴从悲伤里蒸馏出的泪在上尉眼眶里终未绷住，如水满而溢，自眼角悄悄滑落，他察觉，欲擦，未遂，那片晶莹竟已被白日的灼热蒸发掉。

导弹兵恋曲

003

上尉抬头望天,太阳依旧烈烈,如他的初爱,未有改变。上尉抖擞精神,调整情绪,再次把盒子护到胸前,小心地挤过人群。他一直走到横在火车站前面的城墙下,沿着城墙走到城门洞,穿过去,再右拐,左手边是一家"年老色衰"的肯德基店,过了那个外国老头笑眯眯的头像,再向右过两道护栏,行约两百米,就到袖珍公园。在他矫健步伐下无限延伸的是毫无目的的去处,就连要寻的人都是虚妄的。在,算运气好;不在,别无他法。

夏蝉战鼓般的鸣叫让人心慌,上尉如入敌人层层设伏的包围圈。

上尉望见了再熟悉不过的背影,萌生上前拥抱的冲动,身子却像被施了魔法,定在原地,一步动弹不得。背影的主人似有察觉,站起,转过身来。他们四目对望时,那长发及肩白裙飘然的女生的目光却散开了,淡淡地投向了别处。上尉缓缓地、默默地,朝着漠视他的女生走去。女生的目光总算从别处拉了回来,却没有看上尉,而是看那逐渐逼近的深色的影子。

"你怎知我在这里?"女生挑起眉,问完,又很快扭转头去。

"你果真在!"上尉不答,生出欣喜,欲有动作,却顿然止住了。

"我以为你不来。"

"君子一言——"他话说一半,另一半似乎化作水汽,蒸发掉了。

她瞪着他看,做无声的质询。

他知道她的潜台词。

她扭过头来,带着未消的气说:"你的理由总比许诺多。"

他道歉:"都是我的错。"

她被触动了委屈:"你哪有错?你干的都是正事,都是大事!"

他下意识地咬住嘴唇,默默地低头,很想为留有遗憾的过往解释什么,却终不知怎样开口、该说什么。他的为难写在脸上,坠入了沉默里。

她盯着他,绷紧的五官颤颤地聚合到一处,似要哭出来。分明地,一滴自心底深处生出的温热的泪,穿过肉体内部绵长而精致的通道,完成了它意义非凡的一次释放。顺理成章的一滴泪,水到渠成的一滴泪,在柔软内心的驱动下,一路艰辛跋涉,终于抵达使命的终点,已经悬在眼眶的边缘,只要她轻轻地眨巴一下眼睛,就会落下来。可她呢,竟长久地一动不动,生生地将那呼之欲出的泪又倒灌回了泪腺里,好像什么都没有发生过。

"来也好,不来也罢。"她淡淡地说,"反正我都习惯了。"

"以后——"上尉的脸上泛着潮红,像是记录了灼灼白日的温度,又像承载了被无形力量撕扯的内心的疼痛。他说:"我不会再失信于你。"

"还有以后吗?"

他惭愧默然,无以应对。

"东西带了吗?"她突然问。

他茫然看她，不懂所问，或者正因为懂了，才生出惊诧。

"忘了吗?"她继续问，咄咄逼人。

上尉欲作答，却又不自信，隔着上衣摸索着攥到手里，才默默点头。

"带了就好!"她嘴里是这么说的，由此带来的欣慰却有别于之前询问的盛气凌人，让人觉得她倒不希望一切都这样容易，以给她更改主意的非主观理由。而此刻，一切水到渠成，她已经退无可退了。她用一张推销房地产的硬广告纸使劲地扇着，想把燥热镇压下去，却似乎不起一点作用。

"云朵。"上尉试探地，也是坚决地说，"我们得谈谈。"

"什么时候?"她越扇越急，"你一会儿不是还得赶火车吗?"

"来得及。"上尉望一眼火车站上方那硕大的钟盘，扭头对她说，"五点之后的车。"又说，"我们可以在一起四个小时。"他看起来轻松多了。

"谈四个小时?"她说，"倒像是回到了两年前。"又说，"可惜呀，回不去了。"云朵生着莫名的气，就像是被头顶白日投下的炎热冒犯了。

上尉忙接了云朵的话说："那是个令人怀念的夏天。"

"那个夏天没这么热。"

"一样的。"

"很多东西都不一样了。"

"总有不变的。"

"你觉得还能回去?"云朵瞪大眼睛望向上尉。

"最起码——"上尉迎着她的目光,如见往昔之爱,"我们都好好的。"

云朵把欲说之话咽了回去,临时改口:"对,我们都好好的。"

上尉重复:"我们得谈谈。"

"还是那样,这回仍旧要急着走?"云朵额头的汗珠被扇得聚到一处,互相怂恿着汇作一股,沿着她白皙的面庞顺流而下,到腮上、到脖颈,终成她躁动不安的躯体无法抗拒的一部分。上尉从随带的包里抽出一张纸巾欲上前替她擦去,手却在半空顿住了,折回,最后把纸巾递到了她的手里。

"我们很久没有好好说话了。"

"你忙成那样……"话说一半,云朵把顺口而来的指责止住了。

"责任在我。"上尉检讨。

云朵望向上尉,目光柔和了一些。

上尉低着头,还浸在自责里。

"又去哪里出任务?"云朵问完,噘嘴摇头,又自答,"保密!"

上尉被逗乐,抬头,笑出声来。他饮到了昨日幸福酿出的甘露。

"世界这么大,独离不开你?"云朵用纸巾把蠢蠢欲动的热汗尽收了。

"我也想每天陪你。"

"我信。"

上尉欲言又止,稍止又言:"谢谢你理解我。"

"都过去了。"她的惆怅再次席卷而来。

"云朵,"上尉走近,迎面望向她,"我欠你的太多。"

"不说这些!"云朵扭过身子,给他一个背。

"咱们之间——得谈谈。"上尉绕到了云朵的面前。

"结果已定的事。"云朵再次倔强地转了过去,"谈又能谈出什么?"

上尉仿佛穿越回另一个夏天,那个柔和甜美的声音如同沉睡日久的种子在他的幸福里开出花来。那时候他救灾凯旋,立功的戎装照片刊登在省报最显眼的位置。他只是尽一个军人的本分,从没指望能因此得到什么。

"我们不能这样草率决断。"上尉皱着眉,沮丧而焦灼。

似有似无的热风彻底止住了,斜来的日光穿插进本就稀疏的树冠倾泻而下,印在石板地面上那一男一女的影子如泼墨,比刚才拉得更长了一些。

他急切地望着她。

她则冷冷地沉默着。

约二十米外的城墙下,一个背着红蓝条纹编织袋的妇女在原地徘徊犹豫了有一阵子,似要向东去,又不断地折返回来朝西张望,十多分钟过去了,她还在那里,大概是迷了路。妇女几次望向这边,想过来,见他们说话,没有走近。他们这会儿无话可说,妇女便把编织袋甩到肩上赶来,老远就赔着笑,算打招呼,近了,才前倾身子怯怯地问:"麻烦,去富平的车在哪里坐?"她先问的上尉,说完,却又把求助的目光移到了云朵一边。

"您要坐火车还是汽车?"云朵迎向妇女,回以微笑。

"汽车,汽车——我还不会坐火车哩。"妇女嘻嘻重复,扯着大嗓门。

云朵告知妇女坐汽车得到城北客运站,并耐心地说了要坐哪一路公交车过去,得多长时间,还指明站台的具体方位。云朵再次叮嘱走远了的妇女一定要看清是几路车,不要坐错。妇女背身退去,不断地说着"谢谢"。

二人一言不发盯着妇女走远,直到她在一排商铺的尽头转弯消失。

"我们在这儿会被晒熟的。"上尉故作轻松,想让凝滞的空气松动些。

云朵不买账,上尉所见的,仍是她布满了哀怨和忧伤的面孔。

上尉收回未及绽开的笑容:"咱们得找个地方坐下来。"

"东西你带了吗?"云朵重复再问,倒像是急于得到否定的答案。

"又问这个?"上尉欲怒,却极力克制住了,回以重重的叹息。

"我们在这儿会被晒熟的。"云朵也这么说。

"我们得慎重!"

"这样的夏天可真是让人受不了。"

"我是说,这么大的事,咱们总得再谈谈。"

她故作轻松:"好吧,就算一刀两断,也要有仪式感。"

"咱们得换个地方——"上尉问,"去哪里?"

"对,仪式感,就像你们升国旗一样。"

"这里太热了。"

"要有音乐,有氛围,才像那么回事。"

"嗯,去哪里?"

"随便。"她强调,"已经快两点了。"

他刻意忽视她提及的时间。

她倒不在乎他的反应,最起码是摆出了不在乎的样子。

"去'遇见秦始皇'吧,反正离得也不远。"上尉努力把刚才掉下去的情绪重新提起来,试图让彼此在仅有的时间里轻松欢快起来,"那可是年轻人的天下,这个点应该没什么人,但他们续杯的啤酒是越喝越淡。"

"行吧。"

"现在就走?"

她不说话。他走,她跟在后面,有意无意踩到他左右晃动的影子。

她想起以前,他们好不容易见上一面,顾不得冬冷夏热,常常就像这样顶着白日前行,她追着踩他的影子,他左右躲闪,却总躲不掉,因为他们的手紧紧地牵着,就像一辈子也分不开。她鼻子一酸,跟得慢了一些。

拐到那个嘈杂破败的巷子时,他们几乎同时看到贼从一个围观下象棋的老头那里得手了一个钱包。她拉住他,他回头看了她一眼,轻轻点头。他把纸盒递到她手上,她刚接过,他就冲了上去。那个做贼的心怯,见有人呵斥着冲来,丢下钱包跑了。老头指挥完下棋,才知自己的钱包失而复得,却并未表达感谢,倒是翻开空空如也的钱包庆幸地祈祷:"老年卡在呢。"

"嗯,在就好。"

老头没理上尉,又围上去指挥下棋。

"你又管闲事?"她拉着他疾走,并一路嗔怪。

"你不是说我路见不平的样子最帅吗?"

"你竟还记得?"

"不光记得,而且此生不忘。"

"那是以前。"

"以前?现在的我不是以前的我了吗?"

"是。"

"我变了吗?"

"没有!"她说,"你永远是你。"又说,"也只有你没变。"

走到巷子尽头拐个弯,老远就见"遇见秦始皇"的红字招牌。

小店里果真顾客寥寥,靠近吧台坐着三个男人,他们一边喝啤酒一边看直播的新闻,偶尔议论几句。隔一张桌子坐着一对母子,母亲喋喋不休地给儿子讲着道理,儿子却不认真听,动不动就扭过身子看一眼电视,却很快又被母亲叫着转过身来。穿着运动背心的女店主窝在吧台里玩手机。

"一杯啤酒,一个甜筒冰淇淋。"上尉一边落座一边朝吧台里喊。

"啤酒要大杯还是小杯?"

"大杯。"

"冰的还是常温的?"

"冰的。"他顿了一下,补充说,"不要太冰。"

"我也喝啤酒。"她说。

"嗯?"他定睛看她。

"我跟你一样,也喝啤酒。"她重复了一遍。

"哦,好吧。"他朝里面又喊,"两大杯啤酒,一杯冰的,一杯常温的。"

"我和你一样,也要冰的。"她更正他。

"两杯都要冰的。"他又喊了一遍。

"你以前可从来不喝啤酒。"

"一切都会变的,不是吗?昨天,今天,明天,都是不一样的。"

"可是——"他的话开了个头,然后,就没有然后了。

她显然也并不关心他想说什么。

电视上正直播一则外军演习的新闻,喝啤酒的两个男人就此辩论起来。

一个说:"中国军队现在厉害了,在俄罗斯举行的世界军事竞赛中拿了好多第一。"另一个说:"竞赛跟打仗可不是一回事,真正敢打仗的还是美国佬。"第一个又说:"美国佬有啥牛的? 在朝鲜还不是被我们给揍跑了?"另一个反驳:"以前是以前,现在是现在。""现在怎么了?""现在美国佬的军事科技厉害。""他们是钢多气少,我们是钢少气多,再干一仗,他们不一定是对手。""自欺欺人。""你妄自菲薄!"一直不说话的第三人举杯给两个人打圆场:"好啦好啦,你们两个倒是要先打起来了,输了赢了的管咱啥事? 喝好咱的酒,过好咱的日子就行了,操那些心干啥?"一杯酒过后,那两人真就不再争论。他们换话题,说起新来的市长和越控制越疯涨的房价。

"全乱套了。"一个抱怨。

"乱就乱吧,越乱越好。"另一个说。

啤酒端来的时候,店主送了一碟青豆。

云朵问:"搞活动?"

店主说:"这是我们店的情侣福利,情侣进店,必送一份。"

云朵指指上尉,又指自己:"我们——只是普通朋友。"

店主会心一笑:"现在是普通朋友,不代表以后成不了情侣。"

云朵问:"那我们以前是,现在不是呢?"

"也算。"说完,店主转身给那几个男人续啤酒。

"老板,你这啤酒越喝越淡。"

"那是你们口味越来越重了。"

上尉举杯,云朵也举杯,他们清脆一碰,上尉抿一口,大概是冰痛了神经,他皱起眉头。云朵仰头灌了几口,一大杯啤酒就只剩下了半杯。云朵放下杯子,把上尉抓贼时交给她的纸盒提到桌子上,轻轻地推还了过去。

上尉复推给云朵:"这是给你的。"

"什么?"

"你肯定喜欢。"

云朵没有动手去拆,甚至连期待的表情也隐藏了。

"我的心血之作。"上尉神秘而缓慢地拆开印有动物图案的粉色盒子。

是一把弹壳做的八一自动步枪,尺寸虽小了些,却逼真精致。上尉欣喜地推到了云朵面前:"记得不?你说过的——玫瑰的娇弱永远比不上钢枪的冰冷坚硬。"他动情起来,"你说过的每一句话我都记在心里。"

"我说过?"

"我记得。"

斜对面桌上的小男孩又从母亲的喋喋不休里走了神,从上尉拿出弹壳做的步枪的那一刻起,他就瞪大了眼睛炯炯有神地望向这边。他的母亲呵斥着让他正襟危坐,他不情愿地摆正了身子,可是没过一会儿,他的小脑袋就又转了过来。显然,弹壳枪对他的吸引力远大过他面前的冰淇淋。

"这是送给我的?"云朵指了指弹壳枪,明知故问。

"从攒弹壳到全部完工,用了差不多一个月!"上尉说。

"现在是我的了吗?"云朵又问。

"当然!"上尉兴奋地说,"千里送鹅毛,礼轻情意重。"

"这可不轻。"

"情意更重!"

"我可以决定怎样对它?"

"当然!"

云朵抓起弹壳枪,转身到小男孩面前:"这个送你,要不?"

"要!"小男孩咧着嘴高兴地回答,几乎跳起来。

小男孩抓过枪的时候,他的妈妈站起来训斥他:"你怎么能随便要别人的东西?我平时是怎么教你的?快还给阿姨,说谢谢,我们不要。"

　　小男孩的注意力全在枪上,根本不听他妈妈的。

　　上尉惊愕地盯着云朵把弹壳枪送给小男孩,又看她以胜利者的姿态坐回到位子上。他想说什么,却没说,沦陷到沮丧里,独自喝了一大口啤酒。

　　他想起以前,就算他落的一根头发,云朵都会小心翼翼地收藏起来。他不知道为什么会变成这样,他不知道做错了什么,更不知道怎样去改。

　　云朵举杯,伸到上尉面前。她故作坚强:"谢谢你这么用心对我。"他跟她碰了,却没说话,只是仰头灌酒。云朵再忍不住,酒未喝,泪已满面。

　　他叹口气,怨怒化作怜悯,心疼地问:"你怎么了?"

　　她擦掉泪,克制自己,哽咽说:"谢谢你,真的谢谢你。"

　　"是我不对,这两年里,让你受委屈了。"

　　"你是个好人。"

　　小男孩问妈妈:"那边的叔叔阿姨怎么了?"

　　小男孩妈妈轻轻"嘘"止小男孩,让他不要说话。

　　小男孩全不管,又担心地问:"阿姨不会反悔再把枪要回去吧?"

　　"嘘——"

　　小男孩低着头,独自玩枪。

远处的几个男人又让店主续酒,仍旧说起酒的味道越来越淡。

店主嬉笑着抱怨他们挑剔,送过去一碟毛豆花生拼盘。

男人们不再评论酒的味道,仍旧慢饮,仍旧看着电视。

云朵说:"咱们干了这杯吧?"

他想劝她,云朵却已举杯饮尽,又喊:"老板,再来两杯。"

上尉也一饮而尽。

"还是冰的吗?"店主问。

"对,冰的,越冰越好。"

"太冰对身体不好,"上尉提醒云朵,"你本来就爱胃疼。"

"大不了一死。"

"别这么说。"

"冰的吗?"店主夹在他们的争论里,犹豫地又问了一遍。

"冰的!"

上尉无可奈何,看着店主再一次把冒着白色泡沫的冰啤酒端过来。

"我是不是太作践自己了?"云朵问。

"我理解你。"上尉说。

"我是不是太绝情了?"

店主又送了一碟青豆。

云朵对店主说:"你的生意会越来越好的。"

店主说:"我们的啤酒从头到尾都是一个味。"

上尉推杯子过去碰云朵的杯子:"我敬你。"又说,"太冰,慢点喝。"

云朵点点头,却仍旧一口喝去半杯。

小男孩仰头对妈妈说:"我长大了要当兵去!"

"就为这枪?"

"我要保卫祖国。"这是小家伙刚刚从直播新闻里听来的说法。

"行了,祖国还轮不到你保卫!"妈妈呵斥,"刚才咋给我承诺的?吃完冰淇淋就回家记英语单词,英语跟不上,以后咋过托福,咋出国?"

喋喋不休的妈妈带儿子出门后,几个男人也沉默无语,他们百无聊赖剥着吃花生毛豆,喝啤酒。店主伏在吧台上看手机,偶尔蹦出咯咯的欢笑。

"几点了?"上尉问云朵。

"刚过三点。"云朵掐亮手机屏幕扫一眼,又掐黑。

"我们走吧。"上尉这次没和云朵碰杯,仰头喝干了杯中酒。

云朵顿了两回,也把杯子喝空了。

上尉到吧台结完账,转过身时,迎住了云朵迷蒙却深情的目光,他试图捕捉那束光,云朵却像躲避对向而来的车一样急打方向盘,迅疾躲掉了。

"东西别落下。"他提醒云朵。

云朵仔细地检查了一遍手机钥匙证件钱包,都在呢。

他走出门来,抬头望,炽白的太阳沉向西边,却丝毫没有日落西山的羸弱,仍旧熊熊如炙。上尉感觉到冰冷的啤酒正凶残地和他的五脏六腑搏斗,一阵眩晕袭来,他想吐,却紧咬牙关止住了。上尉站直身子,深深地呼出几口气,轻缓而又坚决地对云朵说:"走吧。"又说,"时间不等人。"

云朵发愣。

"走吧!"上尉催促。

"今天不去了。"

"就今天吧。"

云朵抓住上尉的手:"我去火车站送你。"

上尉坚定地说:"不去火车站。"

云朵几乎哀求:"时间不多了。"

上尉坚决地说:"来得及。"

"我晕得很,可能醉了。"云朵踉跄不稳。

"没事,有我呢。"上尉伸手去扶云朵。

他搀扶着她,她依偎着他,两人向着火车站的反方向而去。上尉一路沉默,云朵早已泪流满面。他清楚记得,前年这个时候,他同样是匆匆而来,都等不及喝一口水,她就拉着他飞奔而去。她对他的爱疯狂而又恣肆,全不管旁人侧目。他们在那棵流传着爱情故事的大树下挂下同心锁。

　　锁在,爱情就在。

　　今日,他们又约定,去开那把锁。

　　"真的要去吗?"她分明是在要一个否定的答案。

　　"走吧。"他坚定而决绝,"很快就到了。"

　　"风里雨里,说不定都蚀透了。"

　　"我带了钥匙。"

　　"下次再去?"

　　"这次就是上次的下次!"

　　"为什么?"

　　"这是我们的约定。"

　　她挣脱他的手冲上路侧的台阶:"你在这里对我说过一句话的。"

　　"走吧。"他上去要拉她下来。

　　"你对我说过一句话的。"她拽着不走,深情望他,又嘶喊了一遍。

　　"走吧。"上尉把云朵抓得紧紧的,"都过去了。"

　　"那我们就回到过去吧。"

　　"你会幸福的。"

　　"我做错了吗?"云朵木然地看着上尉。

　　"没有!"上尉涌出泪来,他和她,向生长着爱情故事的大树走去。

　　云朵自知,她将遵医嘱住进医院,和几无可治的癌症做胜负未知的最后的搏斗。她不忍见上尉往复边关的奔波,也怕若不测,他们的爱会在他的心中蜕变成阴阳两隔的冷冷的伤疤。今日一别,或许就是生离死别。

上尉也自知,他将去西北更北,驻守凄冷高原那最高的山,即便现在与云朵的隔月一见也要变成奢望了。他照顾不了云朵,便勇敢放手。他对云朵决然不舍的爱又将如何?于他,更希望深爱着的云朵拥有他无力去给的幸福。今日一别,或是永别,他们大概今生今世只是留存于心的故人了。

谁都不说,就像那些秘密不曾有过。

午后的大地溽热静谧。

上尉和云朵并排向前走去,白色日光照耀着他们。投在地上的影子有时头挨着头,有时脸贴着脸,生动美丽,恍若奔赴此生约定的美满爱情。

■ 远远的天边有座山

■ 导弹镖师

专列一出山,就如同大鱼游进深海,瞬间就有了自由豪迈的气势。

例行的排检结束后,刘继承呆呆地望着窗外——逐渐远去的山峰在朝阳的照耀下光辉明媚,天空和大地在薄雾的笼罩里浩渺而又亲切。在节奏分明的"咣当"声中,他恍惚生出置身于归家列车的错觉——是啊,一河奔涌的思念之水近在咫尺,那蜿蜒而去的小路无限抵达他的魂牵梦萦之地。

眼前所见即是家,他却回不去。

出来三个多月了,刘继承常常想到妻子和从未谋面的孩子。他不知妻子恢复得如何,也想不来孩子是男是女,长得像自己多一点还是更像妻子。他有时为自己成为爸爸的事实欢愉欣喜,更多时候却陷入对妻与子的愧疚。他极不情愿却又决绝地回过头来,将自己的肉体和想念塞进钢铁包围的坚硬里:左侧是导弹特装车闪烁着红光绿光的仪盘,右侧是静若处子的导弹零部件。刘继承警告自己——此行不是回自己的家,而是去这枚新列装导弹的阵地。他曾经将对未谋面孩子的自责给了那枚处于有惊无险境地的导弹。那时,导弹是他唯一的孩子,他为它们骄傲也为它们担忧,他陪伴了它们十六年却一如初见,他呵护它们的细心胜过新父爱恋新子。

刘继承是特装运输连的四级军士长,当兵十六年,做了十三年车长。

十五年前,刘继承第一次参加特装押运任务就遭遇泥石流,车虽未被掀翻,但清完淤泥走不了。那时还是上等兵的刘继承跟着上士车长从车厢头查到车厢尾,一个螺丝一个接口都不放过,却仍找不到故障点,车就走不了。最后还是请上面派人排障才恢复通行,为此导弹列装晚了两天。

那是特装运输连组建以来最大的污点和转折点,"特运第一连"的牌子被卸走,上士车长也在年底复员。上士车长连续多年都是基地的"红旗车长",他一切的努力在军旅生涯的最后都化作乌有。上士车长失了魂,临走时仍喃喃自责说:"我是让全连蒙羞的罪人!"

他再没有机会将功赎"罪"了。

不久,刘继承被送到厂家见学,每有排不了的故障,他就会想起被卸走的"特运第一连"的牌子和上士车长的痛悔。归来次年,他在比武中夺魁,并晋升为最年轻的车长,再后来,他成为连里唯一未分专业的士官,被评定为"全能型"。

远远的天边有座山

三个多月前,刘继承一直忙到妻子临产,才被连里勒令回家休假。

刘继承刚把请假报告单递给指导员,搁在他俩之间的猩红色电话机就脆生生响起来。他边退边掩门,可指导员呼出的"营长好"还是蹦进了他耳朵。指导员接完电话,冲外面喊了刘继承两声,他才从浮想联翩里回过神来。他和指导员四目相对,都张了嘴要说话,可大概是都看到了对方张的嘴,就又都一齐收住了。指导员乐了,咧着嘴说:"你先讲。"刘继承也乐了,但迅疾又把扬起的嘴角收回,他试探着问:"是不是有任务?"指导员没答他,而是把他刚递上的请假报告单拿过去,看完了问:"预产期啥时候?"刘继承就像没听见,仍旧问:"几时出发?"指导员说:"这你就别管了。"接着就提笔落字,干净利落地签上自己的名字,又说,"这回你可别休个半拉子假回来。"并补充,"假休不完,我给你处分。"

晚上,指导员参加完营里的任务部署会都快十点了,却见刘继承在他宿舍门口杵着,急切地问:"去县城没车了?"刘继承说:"假不休了,我得上任务。"指导员把刘继承拉进宿舍,跟他讲:"生孩子是大事,你无论如何得回去。"刘继承梗着脖子:"孩子不是我生,回去也使不上劲,出任务我是车长,不跟着心放不下。"又说,"我跟家里说过了,我媳妇说她能理解,支持我呢。"指导员叹口气批评他:"就算嫂子通情达理,你也不能老是这么铁石心肠。"

话头又被拉到去年,连长生怕回去结婚的刘继承不休完婚假就归

导弹镖师

025

队，打贺喜电话时专门强调那段时间没任务，让他专心休假。可刘继承愣是听出了"弦外之音"，婚宴办完第二天就匆匆归队。刘继承继续磨："这回任务上万公里，要过寒温热不同地区，我有经验。"

指导员不管刘继承的软磨硬泡，斩钉截铁定了调："你先回家！"

指导员半夜查哨，见俱乐部的灯亮着，推门进去，背对着他的刘继承转过身来，手里托着"特运第一连"的牌子。指导员问他："这么晚还不睡？"刘继承抚摸着牌子，喃喃地对指导员说："我是眼见这块牌子被摘走的，牌子回来的时候我给上士车长报了喜，他哭得跟个小孩子似的。"说着，刘继承的眼里也噙满泪水。指导员安慰他："这不回来了吗？咱们还是'特运第一连'。"

五年前指导员刚被分到连里当见习学员，亲见这份荣誉被官兵们敲锣打鼓隆重地迎了回来。刘继承眼泪涌出："可我不想离队时又见它被卸走。"

九个月前的那次任务把他们都惊出一身冷汗。

刘继承选定推荐的预任车长样样精通，就差一次单独执行押运任务，之前每回任务来了都重要，怕新选的车长担不起来，这次推下次，下次推下下次，推来推去，一直推到刘继承四级军士长即将届满，没的推，预任车长必须得单飞一回了。万事俱备即将发车，刘继承不放心，要求上车巡查。虽说老车长都不愿背着小肚鸡肠的嫌疑给新车长挑刺，可刘继承就是摆出"找事"的架势，并且真找到了事——一枚镶在固定底座上的螺丝没拧紧,伸出一点几毫米——这可不是小事,车行几千里,说不定就能把导弹磨掉一层皮。刘继承没给被换掉的预任车长说情,认为他辜负导弹在先,被撤掉不冤。之后的预任车长虽说车上车下都没出过纰漏,但就像刘继承所说,他心里放不下的原因不是觉得别人不称职,而是他一离了任务专列,心里就发慌。

连里最终还是批准了刘继承上任务。

这是一次行程漫长的艰巨任务,啥时回来不好说,很有可能特装车辗转大半个中国圆满进站的那一天,也就是刘继承军旅生涯的结束之日。

真像打赢了一场战争,刘继承昂首挺胸迈向他坚守了十三年的战位。

特装运输连坐落在保密之地,手机信号屏蔽,平时官兵与外界联系除了以代号为邮箱地址的古老书信,就是经过加密处理的座机,能打出去,对方显示来电却全是乱码,也回拨不过来。刘继承和战友们一样,都是和家里单向联系,定期打电话报平安。刘继承之前传递给家里的信息只说到休假,后来临时获批上任务则是紧急上车,根本来不及打电话。任务途中,更是屏蔽一切与外界的联系,他只能怀揣一腔思念和牵挂跋涉于漫漫征途。

专列在一个名叫"无界"的小站停下。刘继承和战友排检了特装车厢和导弹部件,补充完生活物资,便开始了惯常的漫长等待重新发车的日子。

一日，副车长拔出正听着收音机的耳塞，急切地说:"快听听这个。"随即，一则寻人启事播报出来:"寻夫，刘继承，火箭军某部士官，三个多月前失去音信，你的妻子想通过广播告诉你，女儿出生，母女安康，请你听到广播后尽快给家里打电话报个平安，家人都牵挂着你……"

广播里重复着寻人启事。

副车长冲过来，拉着刘继承问:"车长，我记得你就是安徽人吧?"

刘继承默默地、缓缓地点了点头。

副车长又追着问:"安徽哪里?"

刘继承望着窗外，声音低若蚊子嘤嗡:"无界。"

"呀，那就对了。"副车长急得额头上暴出青筋，脸也通红，"这都到你家门口了，你咋不说呢？你看你都当爸爸了，休假不成，还让嫂子操这么大心，赶紧的……"

话到嘴边，副车长止住了，他这才意识到，他眼前这个刚刚当了爸爸又失联日久的车长既不能即刻回家，也不能打报平安的电话。他和他们一样，必须在荒凉车站数着日子等待发车，护送导弹安全抵达远方的阵地。

几条钢铁汉子刚才那样急切，现在却沉默了，都一言不发。

五天后的子夜，一声车号长鸣，他们又一次踏上征程。

此去不归

马建广在黑夜里惊醒,看了表才四点多,却怎么也睡不着了。

四个多小时前,马建广整整六十二岁。两年前,他以为这一天总得等些日子才能到,更早之前,他甚至都从来没考虑过这事。可此刻,六十二岁猝然到来,就像两年前他六十岁时一样,总有些不可回避之事要去面对。

昨天下午,全旅官兵给马建广壮行。基地司令员也专门进到山里,给他披红花戴奖章,盛赞他是部队的宝贵财富和官兵的精神标杆。两千多名战友依山肃立,用经久不息的掌声给这个超期服役的老兵史无前例的礼遇。

马建广此刻倒是后悔起来,他觉得昨天下午原本应该到洞库里和那些不苟言笑的老伙计告别的,却违约没去。他宁可认为那场声势浩大的送别只是一个虚幻的梦境,可他骗不了自己,只能竭力想着法子去弥补缺憾。

挨到六点,听到军号声准时响起,马建广这才起床。几分钟后,楼道传来嘈杂沸腾的声响——战友们冲到门前的广场上出早操。十年前马建广还能和年轻的小伙子们一样,融在队列里往机关办公楼跑个来回,再练队列和军姿到七点。其实二十多年前,当时的旅领导就给他"开小灶"说:"马高工你年龄大级别高,不用这么拼。"他领了领导的情,却对营长说:"年龄越大级别越高越要做表率呢。"继续做普通一兵,风雨无阻地跟着训练。可十年前开始,他的风湿病越来越重,腿都变了形,有心无力。战友们训练时,他用热水袋敷腿、准备资料,等着饭后集合再一起进洞库。

几年前,一位北京来的上将握着马建广的手说:"你是我所知的住在营一级单位的军龄最大级别最高的老兵。"其实十几年前,旅里就在机关宿舍楼给马建广腾出了宽敞的住处,可他才住几天就不打招呼搬走了。后勤的助理员以为他用此方式抗议宿舍的某些问题,一问才知,马建广是嫌离洞库远,来去耽搁时间。那之后,他又回归挤了几十年的营里的宿舍。

马建广是直接进到山里的第一批新兵之一。他们到来之前,这片阵地建了差不多有十来年了,却因保密要求高、施工难度大,只有经过严格政审的干部和老兵才进得来,并且是"上不语父母,下不告妻儿"。他们进来时也是严卡出身、学历和身体素质等条件,差不多算过五关斩六将,才从几百个新兵里挑出二十来个。过了四十四年,那批兵在山

此去不归

031

■ 远远的天边有座山

■ 032

里就剩下他一个。其余人有的没几年就复员回了老家,有的提干后调往别处,也有的干到营或团级转了业,还有两个战友牺牲在洞库,此刻长眠在后山的茔园里。

营长是马建广战友的儿子。马建广看着他出生、上学、入伍、当排长,直到现在当自己的营长。营长看到了站在队尾的马建广,想说什么,抿了抿嘴却没说,报数之后就"向右转"带着队伍进洞库。

所有人能想到的事顺理成章地发生了——马建广被执勤警戒的战士挡在了洞库外。马建广一遍遍解释:"是我呀,我是马建广,老马,马高工。""小陈,我就进去看一眼。""小刘,我保证很快出来。"持枪立在洞库两边的战士并不通融,小陈说:"请您出示证件。"小刘说:"请您刷门禁卡。"马建广昨天晚上把属于山里的一切都登记上交了,他知道进洞库的规矩不能破——认证不认人。很多将军都曾被挡在洞外,他们虽然生了一时之气,却没有一个不服气执勤战士的铁面无私。马建广四十四年里从没做过特殊人,也不愿意坏了规矩,可他太想看一眼侍弄了半辈子的各型导弹,他的那些"老伙计",也想和朝夕相处了四十四年的洞库告个别。愿虽小却不能遂,他在两个二十多岁的战友面前像孩子一样伤心地哭了起来。

营长默默地走到马建广身前,搂着他的肩,一句话不说,陪他垂泪。

两年前,马建广六十岁。那时他唯一的儿子在南京安了家,老伴跟着照看孙子,却又放心不下他,就经常两边跑,虽辛苦,心里却数着日子,只等着马建广退休后一起到南京含饴弄孙。可马建广并不和老伴统一思想,老伴大老远回来,十有八九被他晾在山外的家属院,他自己惯常是猫在洞库守着不言不语的各型导弹。出了洞库,马建广就一遍遍推敲他延迟退休的申请书。他斟字酌句地给组织讲——请求延迟退休并不是他恋栈,他也懂得长江后浪推前浪,可他中意的接班人去基地当了保障部的副部长,其他人虽说也不赖,但托不了底,他得争取些时间,再带出个顶得上来的技术掌门人。不知是不是马建广的理由打动了上级,他终归是如愿留了下来。

延迟退休的马建广把第一个电话打给守在山外的老伴,对她说:"你回南京吧,以后也别来回折腾了,两年后我找你们去。"老伴委屈得直掉泪,说马建广"比找了个小老婆还绝情"。她这样说他,是埋怨更是心疼,一起过了大半辈子,她知道在他心里,宁薄老婆儿子,也不负洞库和导弹。

马建广刚进山那会儿,技术兵的工种分得还不那么细,部队到哪里攻坚他们就干到哪里。他一进山就跟着师傅,师傅是从抗美援朝战场下来的老兵,虽只有小学文化,却技术精通。师傅起先带他掘进坑道,后来参与安装设备,再后来导弹进库,他们师徒就负责维护保养,前后十多年。师傅到基地报到的通知都到了,可他仍坚持参加那次密闭生存任务。马建广见师傅额头汗珠如豆,要送他出去就医,但师傅止住他，说疼已过去，没事了。他知师傅善始善终的心思，却没想到师傅把任务看得比命重。后来，师傅葬在后山的冢园，那里长眠着他掘进坑道、安装设备等各个时期牺牲的战友。

师傅走得很安详，就像他并不是从此逝去，而是将去城里的基地报到。他也常常幻想师傅并没有死，而是在他的身边——他犹豫不定的时候，他彷徨无措的时候，他打退堂鼓的时候，总有师傅熟悉的声音出现，就跟之前的一模一样。他听师傅给他讲战场上的生与死，讲建设山里阵地期间那些倒下后再没有起来的战友。师傅一字一句平和而坚定，就像无数次给他讲那些枯燥的参数和公式一样——师傅并未替他决定，他却已坚若磐石。

一辆迷彩越野车沿着碎石山路慢慢抵近，营长轻轻拍着马建广的肩说："马叔，旅长来送你了。"马建广盯着营长，这个进山后就称他"马高工"的子辈又叫他"叔"了。他欣喜营长与他感情更深了，却也悲伤和山里的军营不可逆转地渐远了。马建广转过身去，向着陪伴了他四十四年的洞库，向着他最后一次想告别却不得进的导弹洞库，敬了一个长长的军礼。

旅长静静地等马建广礼毕，才走上前说："老连长，我们走吧。"旅长一当兵就认识马建广，他新训结束到技术营学业务时，马建广是连长。

"我再看一眼。"马建广握住旅长伸过来的双手，"这一走，就再也回不来了。"他再次转身,向着洞库,向着包裹洞库的群山,向着装扮洞库的丛林,向着建设洞库的那些无畏无惧的牺牲了的战友的魂灵极目地望去,恍若收一份青春的记忆到脑海,那是他唯独能带走的凭证。

"尽情地看吧,我们人生最华彩的篇章都留在这里了。"

马建广没忍住,眼泪又一次扑簌簌地落了下来。

车行山中,一去不返。

马建广一次次示意车子停下,脚下这狭仄的山路曾被他用双脚丈量了百遍千遍,这会儿,他怎甘心被越野车一脚油门带过?旅长也并不催促,耐心地等着马建广和岩石耳语,去挥别一丛丛花草与一棵棵树木。

将出禁区,马建广再次示意停车,他问旅长:"你答应我的不会变吧?"

"嗯?"他问得突然,旅长没弄清他所指。

马建广提醒旅长:"你说过,将来接我回山的。"

旅长顿住,刹那泪眼蒙眬:"不会变,一定接你回山。"

"那说好了,就让我挨着我的师傅,我们师徒的缘分还未尽呢。"

"我们将来都要回山的,离洞库和导弹太远,心里不踏实呢。"

"走吧。"马建广打起精神,挺直了腰杆对司机说,"出山!"

工兵连

连绵起伏的群山像极了地球因年老衰败而生出的褶皱,夹于其中的一处山谷一分为二,一半是更为低凹的河道,一半是高出一截的营区,营区和河道手挽着手,随着山势蜿蜒而去。这个季节的时间最为分明:只要日头在西边的山头上一露脸,官兵们就知道该出早操了,等到正午时,技术兵们无福消受阳光短暂掠过山谷的惬意。他们那会儿正在大山腹部的洞库里维护着沉默不语的导弹,警卫兵算幸运,却也顶多是眼瞅着太阳的光辉一闪而过,等余晖将东山头的层林尽染,时光就慢悠悠地遁入了黑夜。

星散在各个隘口哨所里流出的灯光就像忠诚的瞭望者,在暗夜里守护着一山静谧与一河清泉。大山在月起之时就睡着了,守夜的生灵们同时苏醒,在泉水的叮咚声之外,猫头鹰寻找伙伴和黄羊结队奔跑之声侧耳可闻。

从山谷斜插进东山的一处小道则与它所处的这片静谧完全不搭,

工兵连

037

"嗒嗒"作响的发电机沿着小道点亮了一连串的白炽灯,就像加强版的萤火虫列队飞来。

工兵连连长孟志强站在昏黄灯光织起的斜坡上,先是扯开了嗓子朝着上游问:"水泥还够不够?"那边回话不多了,他又冲着连接马路的下游喊,"抓点紧,上水泥。"他的身前身后都是他的兵。此刻,任何一个旁观者都辨不出他们火箭军官兵的身份——碎石头的、搬石头的、扛水泥的、和泥浆的、砌石头的,穿上沾了灰、破了洞的迷彩服和挂在脖颈处失了颜色的擦汗毛巾,大多数人会把他们认作民工。当然了,一切臆想的前提并不成立,这里是禁区,没有旁观者,每个人都参与这艰苦的攻坚战。

孟志强超过四十个小时没合眼了,他和他的工兵连的兄弟们窝在这狭仄的小道里已经干了两天两夜。之前他们刚加固完棋盘星哨所的瞭望塔,就受命连夜赶来投入这场新的战斗。几天前的那场洪水冲毁了泄洪道的围堤,而几天后的另一场暴雨也蓄势待发即将赶来。没了围堤,几年前刚筑起来的通往天上星哨所的唯一通道必将全被冲毁。他们没的选,必须和喜怒无常的暴雨抢时间。他把三个排分成两拨,一拨休息一拨施工,这种安排和这样的施工强度在工兵连已成常态,大家很快各就各位一线儿干起来。

孟志强从泄洪道下游往上走着巡查,虽然心里急得恨不能立马竣工,嘴上却一遍遍叮嘱着比他更火急火燎的兄弟们:"都不要急,安全第一。"看到正猫身抱起石头往堤上垒的上士余国栋时,他停下来,叹口气训他:"你这个老余啊,这回算是让我背上骂名了。"余国栋扭头看了他一眼,不说话,只嘿嘿笑,手里活依旧利索——灌浆、填缝、抹平、上浆、抱石头摞上。孟志强盯着余国栋的背影摇摇头,想说什么,嘴已半张开,却终究没说,化成一口长气出完,又继续往上走。

余国栋去年元旦就该结婚了,家里花钱让人用他和未婚妻的生辰八字看日子,一再强调日期改不得,可那会儿正赶上丁字桥改造,余国栋把休假报告单递上去又要了回来。家里头不得不把板上钉钉的结婚日子改到了五一,可五一的时候余国栋还忙在棋盘星哨所的瞭望塔上,他压根没提休假,更没提结婚。孟志强是在连部接完安徽打来的长途电话后,才知道这个闷不作声的上士闷不作声地在老家有了对象,眼看着又要闷不作声地结婚了。孟志强欣慰于连里的大龄未婚青年又少了一个,当机立断,即刻勒令余国栋休假:"把媳妇娶到家再回来!"余国栋却没和他想到一块儿去,挠着头说:"咋说也得先把瞭望塔立起来。"当时的工程收尾在即,他也就没和余国栋计较那十天八天的。可从棋盘星哨所转战泄洪道后,仍不见余国栋请假,孟志强去催,他却振振有词说:"养兵千日,用兵一时,我在这个节骨眼上走说不过去。"余国栋说这话时已猫在工地上干起来了。孟志强虽是连长,但余国栋不填休假报告单,他总不能把人家绑起来押到火车上去,只能动之以情晓之以理:"这个活完了你无论如何得回去结婚,咋样?"倒弄得像是他在求余国栋了,余国栋仍不给痛快话,憋了半天,才答应他:"后面要真是没活了,我就休假。"

　　上次的洪水来得太猛,几年前砌起来的泄洪道围堤全被冲毁,本就不宽敞的进山小道也一段一段地被从底下掏空,随时有塌陷的危险。官兵们得抢时间,更得保质量,活干得咋样,蓄势而来的洪水将做出检验。他们先要把之前冲散在泄洪道的石头清理掉,再在原来的基座上重新砌起石墙,最后用碎石把掏空的路基逐段填平、夯实。

　　连里把任务分到排,排里又分到班,这会儿班跟班较劲,排跟排竞赛,工地上热火朝天。孟志强在四班的责任区示范着砌完一层石头,把灰刀交给一名刚出师的下士,交代了几句,又返身往下游巡去。

　　山里施工多是在陡峭之地,大型机械进不去,只能把人力用到极限。河道里到处是风钻吃进石头里的叫声,他们要把大块的石头碎到能够徒手抱起,再由官兵们蚂蚁搬家一样一块块抱去工地。石头不比他物,看似不大一块,却死沉死沉,累不说,更要命的是危险,一旦脱手,极容易砸烂脚。走一趟几百米的工地,准得渗出一身透透的汗。

　　"你怎么还不回去?"孟志强站在了正握着风钻的中士杨杰光的面前,他试图用自己愤怒的声音压住四周里风钻的吼叫,"你们排长呢,都把我的话当耳旁风吗,还有没有纪律?"杨杰光在那一刻被镇住了,愣着没说话,见孟志强问起他们排长,才赶紧解释:"这与排长无干,是我自己来的。"孟志强勒令他:"赶紧回去。"杨杰光却并不走,皱着眉吞吐道:"一个人在宿舍待着不得劲。"又说,"连长,你就让我留在工地吧,就算重活干不了,我总能打打下手吧?"孟志强不满,指着杨杰光提在手里的风钻:"你这也算是打下手?"杨杰光尴尬地笑笑,倒像是犯了错误一样,垂着头低声说:"和抱石头比,这可不是打下手吗?"孟志强问:"身体是革命的本钱知道不?"杨杰光答:"嗯,知道。"孟志强无奈地摇摇头:"知道就爱惜自己点!"杨杰光最先是钢筋工,那年在一号洞库工地,钢筋弯曲机突发故障来不及修,工期又赶得紧,他就撸起袖子把手当钢筋弯曲机用,用力过猛,指骨变形,手也使不上劲,他又自告奋勇凭着臂力去抱石头。光看他胳膊上那凸起的肱二头肌,就知道准能担得起那份重量,他也惯常是挑最沉的石头抱,可骨头却吃不消。从去年开始,因久受力,他的胳膊出现习惯性脱臼。云端哨所施工那回是第四次,骨头脱开,皮肉吃不住重,他怀里的石头戛然落地,脚骨也被砸折。医生再三警告:"必须静养一年。"杨杰光嘴里"嗯嗯"应了,可哪里待得住,石膏还没拆呢,就拄拐蹦跳着往工地跑。孟志强见了,就呵斥他回去休息,但杨杰光和他猫捉老鼠,他前脚走,杨杰光后脚就又回到工地,要么抓着水管和浆,要么帮施工班拉线找平。待拆了脚上的石膏,杨杰光更不把医生的警告当回事,仿佛中了施工的毒,寸步不离地沉浸在石头水泥的战场上。孟志强再动气,也不可能为此把杨杰光关禁闭,只能耐着性子,一次次地严令他"赶快回去"。日久,孟志强说不动杨杰光,赞赏起这个"愣头青"来,他看不管不顾扑在工

■　远远的天边有座山

地上挥汗如雨的杨杰光就像看到十八年前借口起夜去车场扛水泥的自己。是啊,在荷尔蒙井喷的年龄,只要认准了,就会心甘情愿把汗水乃至鲜血倾注在责任里的。他不想杨杰光再受伤,就扭头找排长又下了命令:"看着他点,不能干重活,不能干得时间太长。"排长一边擦着汗一边点头:"连长放心,坚决落实。"孟志强只是寻个心理安慰罢了,排长也忙得恨不能有分身术,哪能整日里盯着杨杰光?话又说回来,真要像排长每回给他打包票地"坚决落实",杨杰光这会儿就不该在工地。

　　河滩里的石头越来越小了,也越来越少了。孟志强刚进到山里那会儿,河滩不像现在这样一马平川,高出他几倍的嶙峋巨石沿着河道一溜儿蜿蜒而去,比他在照片上见过的巨石阵更为密集和壮观。夏秋季节的洪水不管怎样泛滥,都没被惯出横冲直撞的毛病来,它们得乖乖绕过石头庞大的身躯小心翼翼地通过。一河顽石既骄傲又强硬地矗立在自己亘古不变的领地,亿万年的地壳运动无可奈何,千百年的狂风暴雨束手无策,和树扎根于山、鸟筑巢于树一样,它们理所当然地成为山的一部分、水的一部分、禁区的一部分。孟志强从十七岁入伍时起就在工兵营,他眼看着一块块巨石被炸药、被风钻、被铁锤碎成了微不足道的一块又一块,就像一个巨人轰然倒下,一段历史结束,另一段又如约续接上:他和他一茬茬的战友们把石末运进洞库搅和在水泥里抹到墙上,成为导弹阵地的一部分;把碎石抬上山巅砌成哨所的地基,成为瞭望塔的一部分;把石块抱到山脚填进坑洼里,成为道路的一部分……他们以血肉之功更改了巨石千年万年的命运。

孟志强清楚地记得老营长的话:"我们脚下的营盘是工兵用双手垒出来的。"一到教育课,老兵新兵都盼着营长上去讲两句,营长方言重,带脏字,还常扯偏,但讲出来的一人一事都是亲历亲见,动情处,营长的泪在眼眶里打转,官兵也泪如雨,齐刷刷无声滴落。营长讲,第一拨工兵进来的时候,根本分不清哪里是河哪里是山,山立在河里,水绕着山流,水里的石头虽然高不过山,却显而易见都是山的一部分,和山同生共长、一样强悍,它们亲密无间地挨着、靠着,就连底下的根都紧紧地纠缠在一起。工兵嘛,哪有挑肥拣瘦的理,就得逢山开路遇水架桥,敢于亮出獠牙去啃硬骨头。就是那个时候,第一批工兵在河道里拉了一条线,决定东边建营区,西边留成河道。之后的日子里,原本相同的一河之地就有了不同的命运,东边的巨石化整为零,不断地抬升着曾经矗立之地的水平线,不够用时,西边的巨石也卧地为材夯进新建营区的地基里。后来建营房、建洞库、建哨所也都是从西边的河道里破石取材,一日日,随着营区渐成规模,河道也越来越瘦,斗转星移间,山谷最终出落成今天"一分为二"的模样。

营区的山后有一片家园,那里葬着十八个工兵,营长熟记着他们的名字,常把"建设""吴强""七一"叫得很亲,他们曾经并肩战斗,一人一事说起来就像是在昨天。营长总是轻松愉悦地起头,但讲着讲着,就忍不住哽咽起来,他面硬,心却柔软得像一汪清澈的泉水。营长流泪说,工兵破山取石奠基了营区,自己却化身为石,融进了坚硬的山里。孟志强对营长的记忆支离破碎,那时候他还是个少不更事的列兵,怯怯地仰望营长,远远地听营长讲话。他多么希望能像班长那样,干活卖力些,离营长更近些,可终未遂愿。不是他不努力,而是未久,营长牺牲于塌方,化为大山的一部分。

　　孟志强敬佩营长,更羡慕营长,他终是以自己热爱的方式永久地留在了山里,而自己呢,即使再怎么不舍,也不得不离开了。一周前政治工作处主任找他谈话,宣告他将到连职最高服役的三十五岁,年底得转业。孟志强知道总有这么一天,但等到了,仍伤心失落。十多年前工兵营缩编为连,他当连长第三年,团里有意让他转任警卫营副营长,按干部任用惯例,副营长接营长,营长接副参谋长皆顺理成章,但他竟没去。后来团里的司令部要过他,基地的作训处也征调他,他无一例外都回绝了,仍死心塌地待在外人看来"最苦最累"的工兵连。孟志强知道自己这个连长干不了一辈子,总有走的一天,但在一日,就得做"敢啃硬骨头"的工兵。

　　河道里的风钻声停了,泄洪道里灰刀敲击石头的声音也零星落幕,工兵们在干完手里活的同时,几乎是齐刷刷地,就地和衣躺了下去。他们透支了体力,太累了,就像汽油耗尽的车子,哪怕只半步,也再走不动了。孟志强同样疲惫至极,浸在清晨冷风里的额头不断冒着热汗,他使劲摇摇头,又蓄积起些劲头,才迈着沉重的步子从上游到下游、再从下游回到上游仔细地巡查了一遍,确定每块石头都垒得严丝合缝,每处路基都夯得差不多和山咬成了坚如磐石的一体,这才长长地舒了口气。

孟志强就势倚着身后的山,慢慢地躺了下去。

黄鹂的歌唱把孟志强叫醒。他睁开眼,正好看到清晨的阳光照在西边的山头上,那队列般整齐的丛林就像戴了一顶金黄色的帽子,光辉灿烂,亮丽飒爽。他由衷地欣喜,看来预报里的暴雨还得推迟些,这样最好,能匀出时间让刚砌起的围堤和夯实的路基凝固得更结实些。孟志强欲起身,钻心的疼痛却从右小腿处辐射开来,似钢针入骨,甚于被百虫吞噬,全身的毛孔都扩张开,密密的汗珠层层涌出。他清楚是几年前骨折的老伤复发了。孟志强稍微缓了缓,才忍痛站起,他转过身去,从豁口处射来的阳光正好打在脸上,宛若迎接时光的检阅。他挺直身子,仰起头,慢慢地闭上眼睛,疲惫的眉宇间绽出清新纯净的笑容,他觉得从来没有这样温暖和安心。

■ 远远的天边有座山

■ 老兵传说

十月中旬落下第一场雪后,山里的气温就骤然降到了冰点以下。

黑夜里的大山和大山里的生灵们都安静入梦,警卫连门廊上微弱的光亮被稀释在铺天盖地的黑夜里,就像迷失了方向的星星。

中士将自己的生物钟定在子夜一点半,分针转到的一刻,他和往常一样准时醒来。中士仍旧先摇上铺的列兵,列兵带着梦境里的混沌睁开眼,或许仍沉迷在某场欢愉的虚幻里,中士压低了声音叫他:"接岗。"

列兵瞬间就像点下按钮的导弹发射架,利索地坐了起来。中士在黑夜里把列兵的着装从头到脚摸了一遍:棉帽子、棉口罩、羊皮大衣、武装带、棉裤、大头皮鞋一样不落。他满意地说:"嗯,走吧。"一点四十分,他们轻挪着步子穿过楼道,在门廊上微弱灯光的照耀里走向深夜两点钟的哨位。

贴着横出的山体拐过一个弯后,橘黄色的亮光被完全屏蔽到了另一个空间。他们起先没有说话,一前一后在微微寒风里紧赶着步子。

列兵长长地打了个哈欠,紧两步追上中士说:"班长,这黑天的山里真是伸手不见五指呢。"中士说:"月亮被挡在山的后头了,有几颗星星还在呢。"顺着中士指的方向,列兵果真看到远处的树梢上挂着浑浊的亮色,一眨眼却又不见了,大概是被飘忽不定的云层挡到了后面。他们脚下的路倒是轮廓清晰,积在两侧的雪就像忠诚的卫兵,黑夜中护送他们走过这寂寞的山路。列兵又说:"班长你看,那山上的树就像千千万万个人在看我们呢,让人瘆得慌。"中士想起七年前他也是这么看山看树,他把自己班长当年对他说的话和盘托给列兵:"你就把那些树当作战友,它们守着大山呢,跟我们守导弹一样尽职尽责。"列兵说:"那它们得守一生,枯了死了,再有另一批顶上来,又是一生。"又说,"我们不一样,总有一天要离开的。"中士不语,沉在黑夜里默默赶路。

准时两点,两人赶到哨位,列兵接过弹夹,中士接过枪,他们各就各位肃立于导弹洞库两侧,开始了黑夜里的又一轮坚守。

列兵犯了困,接连几个哈欠后,也许是为了提振精神,又主动找中士拉话。他问:"班长,你见过导弹没?"中士想了想,回答他:"在技术连的操作大厅里见过同样比例的仿真模型。"列兵摇头:"模型不算,我说的是真家伙。"中士说:"没见过。"列兵面向洞库,无限向往地说:"能进去就好了,真想见识一下导弹到底是个啥模样。"中士正色道:"警卫兵守门不进门,进门就是犯纪律。"列兵忙解释:"我知道,外面有厚重的金属门挡着,里面也有专人把守,就算我想进也进不去呀。"又遗憾地说,"不过真是可惜,等复员了回去,人家问我在部队干啥,我说守导弹,再问导弹长啥样,我就得现眼了,总不能说没见过吧?"中士宽慰他:"也别太计较这个,分工不同,导弹阵地没见过导弹的人多着呢。"列兵不服气地回他:"可我不甘心,就是想见一回。"又说,"不过班长你放心,我既要见到导弹又不会犯纪律。"中士顿了一下,还是问:"你想考去技术连?"列兵吞吐起来:"嗯……班长……你咋知道?其实我就是这么一想。"又说,"班长你对我这么好,我不一定去呢。"中士鼓励列兵:"你是本科生,按理当初就该去技术连,但教导员求贤若渴,硬把你们几个大学生新兵要到咱们连,既然你有志于干技术,完全可以参加年底的技术兵考试。"列兵兴奋起来,走近中士问:"真的可以?"中士点头:"这还能有假?明天我就去技术连找战友给你借复习资料。"列兵几乎跳起来:"太好了班长,我离导弹又近了一步。"中士说:"努力吧,导弹就在一门之隔的洞库,希望你梦想成真。"

被遮蔽的星星终于浮出了厚重的云层,在山峦和夜空的连接处释放着点点亮光。有那么一会儿,月亮挤在两山之间的夹缝里露出真颜,银色的光芒瞬间覆盖大地,目力所及处俨然是一个亦真亦幻的童话世界,但很快,雄伟大山再次统治了它亘古不变的领地,一切复归从前。

一阵冷风路过,列兵一边紧了紧大衣一边扭头问中士:"班长,听

老兵传说

049

老兵传说 杨军 2019.12.13

说你也有机会去技术连?"中士愣了一下,对那件被遗忘在深邃暗河里的旧事,他显然不愿多提,简短地回应说:"嗯,那都是过去的事了。"列兵追着问:"听说你预选考试的分数最高,但你的班长从中作梗不让你去。""嗯……"中士竭力地想切断这个话题,他的声音愈加低沉了,听起来湿漉漉的,就像刚浸饱了水,稍微一动,就滴滴答答滚出泪来,"嗯……不是那样的。"列兵仍旧顾自说着:"我庆幸遇到你是我的班长……"中士打断列兵,指向远方问他:"能看到那边的山吗?"列兵顺着中士所指的方向望去,黑漆漆一片,就像在黑暗里寻找黑暗,混沌难分。他问:"班长,你说的是哪一座?"中士说:"正对着洗心河的后面,就像伸开的五个指头那座。"列兵疑惑地说:"嗯,看到山了,可哪有五个指头?是黑乎乎的一片呢。"中士说:"那是你跟山不亲,亲了就能把那一根一根的指头区分开,真有五个指头的样子呢,要不然怎么能叫五指山?"中士不确信列兵信他说的,他隔着清洌的冷风听到列兵轻轻地"嗯"了一声,继续往下讲,"五指山就是禁区的天气预报,每天早上顺着洗心河的方向往山顶看,五个指头都显出来,保准是大晴天,如果被云雾遮住一个,就是阴天,遮住两个就得下雨,遮得越多,雨越大。"列兵有了兴趣,半信半疑地问:"真这么神?那要是全遮住呢?"中士说:"这样的时候少,真要全遮了,如注大雨就会在山里汇成汹涌洪水。"列兵追着问:"有过没……"话刚出口,头顶的山上突然传来哗啦啦的响声,列兵仰头喝问:"谁?"中士应声冲了过去,但推开列兵已来不及,他只能撑开身体把列兵紧紧护住:"小心,是黄羊蹬落的石头。"

列兵摸到脖颈处湿漉漉的,查看一圈,才发现是中士的头被落石砸出血来,滴到了他的身上,他小心翼翼地帮中士把棉帽摘下,看到电筒光下的伤口仍在渗血。列兵急切地说:"走,班长,我送你去卫生室。"中士摆摆手:"没事,包住就行,换完岗再去。"列兵在哨位的应急包里找到纱布,帮中士把伤口缠住,又把棉帽压在了纱布之上。列兵焦急地看表,离换岗还有四十分钟。他问中士:"班长,要不然这里我守着,你先去卫生室。"中士退到后面的台阶处,坐下,对列兵说:"我能坚持,咱可不能坏了双人双岗的规矩。"列兵知道劝不动中士,只好商量着说:"要是血止不住咱必须得去,这可不是闹着玩的。"中士应了列兵:"好,听你的!"

清理完哨位上的碎石,列兵突然想起之前的一个谣传。他犹豫一下,还是问中士:"班长,听说之前牺牲在禁区的老兵晚上都回来呢。"中士显然没听明白列兵说什么,他靠在台阶上看着列兵。列兵受到鼓舞,又说,"这里晚上是不是像传说的那样,真闹鬼呢?"中士起先不语,过了一会儿,他缓缓地说:"那是大家怀念牺牲的战友们呢,他们是大山里的人,大山不能没有他们,他们也不能没有大山。"中士的声音慢慢地弱了下去,"他们有些人没见过导弹,留着遗憾呢。"列兵紧张起来,他试图对自己刚才的失当言辞检讨起来,却隐隐听到中士哽咽之声。列兵没法解释,也没法劝慰,他在黑夜里忍受着煎熬,等待着一分一秒过去。突然,中士身子一歪,从台阶上栽下来。列兵急忙扶起中士,才发现中士未止住的血早已浸湿衣领。循着脚步声,列兵隐约看到换岗的战友走来,他背起中士,疯了一样冲进无边无际的黑夜。

三个月后,列兵从技术连回来看中士。列兵兴奋地给中士比画说:"我见到了导弹,比模型气派多了,真是百闻不如一见。"中士由衷地为列兵高兴,列兵却替中士惋惜,中士就算听别人讲导弹百遍千遍,也终究要留下一面未见的遗憾。列兵愤愤然:"如果不是你的班长自私,凭你的条件,早都该去技术连了。"又说,"我命好,碰到你给我当班长。"中士的眼里噙着泪花,他缓缓地说:"我的班长一点私心都没有,他是最好的班长。"列兵不服气:"可就是他不让你去考试,剥夺了你的机会!"

中士的泪就像四季不枯的洗心河,似乎永远也流不尽了,他说:"在洪水来临前,我也恨他不让我去考试,也认为他践踏了我改变命运的权利,后来我自知错了,并为出言不逊怪怨他而深深忏悔,但他再也听不到了。"

列兵坐在中士对面,静静地听中士讲自己班长的故事——

"我的班长从一进山就在警卫连,洞库的哨位他一守就是六年,在一个个孤独的夜里,他和山、和树、和天上的星辰以及月亮都成了最好的朋友,他知它们的秉性就像它们懂他的孤独一样。他也想看一眼真的导弹,但永远没有机会了。他虽然总说要把我培养成他的接班人,但得知我要参加技术连的选拔考试后仍大力支持,他鼓励我一炮打响,替他一睹导弹真容。他是一大早从哨位回连队时看到五指山的五个指头连成一片的,那天的乌云密得把大山和天空都搅和到了一起。他跑回连里,先是报告了大雨将至,又集合全班人到洞库口部垒防洪沙袋。正赶上那天复试,我向他请假,他对我迎头痛批,还粗暴地扔掉了我的文具。那天的雨可真是大呀,我们刚堆完沙袋,天空就像翻过来的大海被撕开了一个口子,先是洗心河满了,接着道路看不见了,得了便宜的洪水就像杀红了眼的强盗,它们一波波咆哮着朝导弹洞库杀伐而去。第一道沙堤很快被冲垮,班长带头跳进水里,把散掉的沙袋捡起,又往第二道沙堤上堆。沙袋越堆越高,水也跟着越涨越高,眼看着要溢过沙堤了,我们疯了一样和水抢速度,总算暂时挡住,可还没来得及松口气,沙堤下面就被撕出一条口子,洪水齐涌而来,随时都可能垮堤。没有可填充的沙袋了,班长就把自己塞了进去,我们也都跟着跳进水里,用身体填住沙堤被冲刷出的口子。一次又一次,我感觉快要被淹死了,水退一点,我们就又活了过来,继续等着下一波的冲击,一直坚守到雨逐渐变小,洪水退去,这才发现班长已倒在沙堤之下。我们去扶他,他就像累极之后的酣睡,沉沉睡去、没能醒来。班长就这样以一命之重,守住了他想见到而终未见到的导弹。"

列兵两个月后参观史馆时见到了刘太平烈士的遗像,烈士牺牲时二十五岁,比现在的中士还小一岁。列兵看到烈士青春的面庞上洒满了阳光,多么像导弹洞库口部盛开在孤独中的不知名的花朵,不管有没有人知道和关注,它们都坚守着不为人知的信仰和理想顽强生长,在空旷的孤独中极尽烂漫。

列兵默默地向他班长的班长敬了一个庄严的军礼。

运输团往事

一

真要排座次,基地最拔尖的军事干部当属刘丁锁,最服人的政治干部则是罗周林。

周林当教导员前是基地宣传处管教育的干事。周林在他们同一批毕业到基地的干部学员里进步最快,还在训练团参加岗前培训时,他就凭着政治学院毕业的先天优势,被抽调到政治处帮忙写材料。别人白天训练晚上排岗,起早贪黑生生脱了层皮,他顶安逸,早八点上班,晚六点下班,坐着办公室,吹着凉空调,好生被羡慕嫉妒恨。岗前培训之后分单位,几百人里有进阵地的,有去哨所的,绝大多数人都去了艰苦边远地区,周林却不为分到哪里担忧,训练团的主任早都给他安了心:"人在训练团分,我们只给基地提一个条件,就是把你留下。"在训练团才半年,周林就以"文笔好"声名远扬,"笔杆子"周林很快就被基地宣传处瞄上。人往高处走,周林没拒绝。在宣传处除了处领导,周林挨个儿干了一遍。先是管内勤,后来多了个自学考试,管文化的漂亮女干事回家生孩子去了,他又管上了文化。后来相继又客串当过新闻干事、理论干事。跑腿打杂两年多,周林的岗位才算正式定下,开始成了基地政工干部人人认识的"管教育的罗干事"。

部队本是"铁打的营盘流水的兵",可在机关,尤其是军级架子的基地机关,营盘和兵都是铁打的。遍数司令部、政治部、后勤部、装备部的二十多个处,有一大半的处长都是从所在处的连职干部干起,最终成为正团职的处长。虽说在这过程中,大部分人都穿插着下基层待过一年半载的,当然,也有极少数是去了就没回来,但这毕竟是个别情况。大多数机关干部下基层镀上"有基层经历"的金光,就又回来了。周林就连基层都没下,在基地机关管教育工作的他一管就是六年,从中尉副连到了少校正营,再往前走一步,就该接上副处长了。

周林管教育,总是被误解,有时也被挖苦。

基地好几万人,一出了事,总有人说:"看吧,教育没抓好。"

也有人奚落周林:"你说政治教育重要还是军事训练重要?"周林知道是个坑,但他身为教育责任第一人,明知是坑也得跳,用标准答案回答说:"政治工作是军队的生命线,你说重要不重要?"那人胡搅蛮缠:"那打仗的时候上去动嘴皮子,看看能退敌不?"周林见这样的人多了,并不怯场,唇枪舌剑定要压得对方面红耳赤对不上话。谁敢小瞧政治工作,周林就敢叫他丢人丢到怀疑人生。

周林几年里做了多次决定,到最后,还是没能迈出最后一步。眼看着年龄增大级别提高,再犹豫就没机会了。他才毫不犹豫激活初心,从运输团组织完教育试点回基地当晚,就决然地提出要下基层。

周林先找处长谈。

处长弄不清周林想干哪样,盯着他看了足足有十分钟,神秘兮兮地试探着问:"是不是哪个团的政委给你许诺啥了?"

"没有。"

"修配团?"

"没。"

"训练团?"

"真没有。"

"嗯,你也知道的,有的团政委都干了三四五六年了。"处长不甘心,劝周林,"指不定啥时候就转业,他们许诺你的不一定能兑现。"

谈了三次,处长劝不住周林,无奈地对他说:"你的事我也做不了主,你还是找主任去说吧。"

第一次坐在主任办公室的软沙发上,周林有些忐忑不安。政治部的干事都知道,就算两个副主任到主任办公室说话,也都是站着的。能坐在主任办公室沙发上讲话的,有两种人,一种是动员让转业的,一种是犯了错误准备给处分的。周林把屁股挨个边,小心翼翼,战战兢兢,不知道自己该归类到哪一种。

"工作上遇到困难了?"

"没有。"

"你们处长让你受委屈了?"

"没有。"

"你们处长给你说没?"

"嗯?"周林昂起头,琢磨着主任准备放出什么秘密武器。

"部里准备让你们副处长去修理团当主任。"

"哦。"

"你正营快满三年了吧?"

"报告主任,到六月份两年。"

"也差不多,可以先代理副处长。"

"可是主任,我……还是想下去。"

谈了两次,周林过不了主任的关,他就曲线救国去找政委谈。

政治部能跟政委直接说上话的干事不超过俩,周林算一个。他能在首长那里挂上号的原因有二:一是他材料写得好,常被政委点名抽到材料组和各种调研组;二是他在部里待的时间长,皮毛都算上,八个年头了。政委有句口头禅:"年轻干部要多向小罗学习写材料。"

说是那么说,但现在的年轻干部,越来越没人愿意写材料了。

没人知道周林用了什么说辞,竟让政委当场给主任打电话叫放人。直到办关系的时候,处长还试图挽留地劝他:"宣传处的门永远开着,下去觉得不行,就再回来。"

"嗯,我会回来看大家的。"

"你小子,我咋看你是铁了心不想回来了。"

周林不接话,嘿嘿笑着。处长待他不薄,是个知心交心的好领导。

二

运输团在一个山旮旯里,周林任教导员的二营从旮旯还要往里走。

营长叫刘丁锁,当营长已经两年多。丁锁比周林长三岁,并不是进步慢,而是在干部的序列里起点低。丁锁高中没念完来当兵,军事素质从新兵开始,就把其他战友都"代表"了。丁锁在新兵排参加武装越野,以一骑绝尘的优势代表所在新兵排拿到了新训先进单位的锦旗;参加实战项目军事比武,为下连后的第一个建制班荣获集体三等功立下头功。后来连着三年,但凡有冲锋陷阵的大小比武,丁锁都是运输团的第一代表。几年里,他身经十多战,获得各种"冠军""第一""优秀"的名头统共能有十几个。"天生当兵料"的丁锁年年被推荐为提干对象,轰轰烈烈的程序走到最后,提了干的却总是别人。一年又一年,在希望到失望的大道上循环往复,眼看年龄到限没戏了,丁锁却绝处逢生,据说是一个观摩过军事比武的总部首长问下面:"那个拉着战友跑还夺了魁的小伙子是哪个单位的?"首长这不明目的的一问被层层传达,传到最后,基地司令员亲自批示给丁锁提了干。

提了干部后,丁锁从排长、副连长、连长、副营长到营长,一步一个脚印,一个脚印踩三年。扎扎实实十几年,终于等来了周林。

全营开大会,丁锁在上面讲话:

"教导员是咱们的政委,是搞政治工作的,政治工作嘛……"

丁锁忘了要表达啥,卡住了壳,下面就有人忍不住笑起来。周林坐在主席台上居高临下,他看得明白,笑声不是因为丁锁的卡壳,而是因为丁锁卡在了"政治工作"上,他这个政治干部就有些坐不住。

丁锁清清嗓子,继续说:"政治工作不用我多说,大家都知道是非常重要的。教导员是机关的笔杆子,是基地党委派下来的,是来帮我们把工作干好的,都听好了,谁和教导员作对,我不饶他。"

会散了,丁锁兴冲冲地跑到周林宿舍来问:"今天咋样?"

"哦。"周林说,"都挺好,就是,嗯,开会最好别讲脏话。"

"呃。"丁锁嘿嘿笑着挠头,"这个,这个……都是新兵连带出来的坏毛病,老说要改呢,总忘。嗯,我是说,你觉得咱们营咋样?"

"井井有条,斗志昂扬。"

"嗯。"丁锁嘿嘿笑着点头说,"你看得准呢,也都说到了点子上。在运输团,咱二营才是最能打仗的王牌营,急难险重任务从没掉过链子。"说完,脸上又暗淡下来,"可这些年总部评选先进、基地奖励优秀,指标都被一营和三营占了去。你得知道,不是咱二营不优秀,而是我这急性子给害的,你想,我老顶撞上面,上面咋能给二营评优秀?"

"嗯,你的急脾气是得改改。"

"改着呢,可一遇到任务就又着急上火忍不住,以前动不动就跟方教导员吵,你肯定听说了,他们都讲,方教导员是被我气走的。"

"啊?!"周林瞪大了眼睛,这情况他还真没听说过。方教导员是周林的前任,三个月前,方教导员去了团政治处做副主任工作。所谓的"做副主任工作",就是不下副主任的命令,却干着副主任的活。一般没人愿意接手这样的尴尬角色,方教导员竟然去了。丁锁今天一讲,算是解了周林的疑惑。在基地干了那么多年的教育工作,啥样的人没见过,啥样的话没听过,周林坚定地相信,他是不会轻易被气走的。他对丁锁讲:"脾气慢慢改,评先奖优的事咱也要用成绩争取。"

"评先奖优还能有咱的事?"

"当然有,这些本来就应是王牌营头顶的王冠。"

"哈哈,要用王牌营这一条来说,那咱就没问题。"

"携起手来,努力吧。"

"撸起袖子,干吧。"

两个男人,壮怀激烈,眸子里蓄积着耕犁洪荒的力量。

三

从团里开完电视会议回来,周林紧接着就安排了迎接检查的分工。

刚安排完,勘察任务路线回来的丁锁就进了他的办公室。

丁锁烟瘾大,却从来不在周林的办公室里抽,他对周林说过:"我家小孩子给我讲的,他说闻着我的烟是臭的。他妈的,抽了几十年,一直香得不行,却被说成了臭的。原来在不抽烟的人看来,我们天天抽烟就跟吃屎一样。"这会儿,他取出烟夹在指间,像是突然想起了说过的那句话,又把烟装进了盒子里。"嗯。"他问周林,"开的啥会?"

"周四总部装备检查,咱们这里是一个点。"

"又检查?"丁锁嘟囔着盘算,"哎呀,时间紧得很,连皮带毛也就只有三天时间。"又急切地问,"都检查哪些?有啥要求?"

"讲得很清楚,这回基地各个团的主战装备都要亮出来。"

"全部亮出来?"

"嗯。"

"哎呀,光准备这事就能把咱整得脱层皮。"

"总部检查,别说脱皮,就是掉肉也得干啊。"

"嗯,有没有定死咱们出多少台?"

"这个倒没定,若论主战装备,咱少说也得准备两百台。"

运输团往事

063

"你的意思是——基地和团里没给咱定数?"

"没定,只说总部摸查实力,让能出尽出。"

"哦,这样的话就不耽搁。"

"你是说任务?"

"当然是任务。"丁锁的表情舒缓一些,"现在除了任务,我巴不得和外界隔离,偏偏却在这个节骨眼上又来个检查组。"丁锁眨巴着眼睛说,"这样吧,教导员,咱就备上一百台装备迎检。"丁锁的语气不是商量,而是决定,并且是以不容置疑的态度交代周林去办。

"这次可是总部摸查实力?"

"得了吧,啥摸查实力?要我说他们就是走马观花。"丁锁撇着嘴,"一年能来好几次,打着各种旗号,可到最后,你说能有啥用?"

"你别犯犟脾气,原则上的事咱可不能胡来。"

"教导员啊,你这是刚来,可不知道这迎接检查有多折腾人。"

"接受上级对装备的实力摸查,是你我的职责和本分,这个事我不跟你商量,也没有任何可商量的余地。"

"本分。"丁锁涨红了脸,"打仗才是本分,这他妈的检查算哪门子的本分?我就知道军人生来为打仗,没听说生来为迎接检查的。"

"你这是偷换概念,两个原本就是一回事。"

"你就听我的吧。"

"不听。"

"教导员。"丁锁霍地站起来,脖子上的青筋鼓鼓绽出,"我开始还觉得你跟那些机关大爷不一样呢,现在看来,一模一样。你就想着讨好领导,想着怎样不耽搁自己当官,从来没把正事当正事来干。"

"啥是正事,你倒说说。"

"任务是正事。"丁锁不客气,"还有三天检查组就来,两百台装备要打扮得跟小媳妇一样等着他们来看。"丁锁咄咄逼人地问,"你知不知道,这两百台装备上一遍漆得多长时间,这几百个轮胎涂一遍鞋油得多长时间,这几十亩的场地用水洗一遍得多长时间?同志哥,咱还不说造的那些钱抵得上全营一星期的伙食费了,就这时间咱也耽搁不起呀。你想过没有,周四检查周五就得上任务,没时间跑任务路线,不跑一遍摸清情况,万一出个情况咋办?我还给你讲清楚了,出一半装备迎接检查我都觉得多了,讲真话,我们二营叫得响是因为执行任务不含糊,而不是折腾这些花架子的事得了便宜。"

"这回任务路线跑一遍得多长时间?"

"一来一去少说也得两天。"

"上任务多少装备?"

"少说一百五十台。"

"那就按着执行任务的标准跑路线,装备也上一百五十台。"周林盯着丁锁问,"明天一大早咱们就出发,怎么样?"

丁锁始料未及,气也消了:"那——检查的事?"

"周四检查,周三咱们不就回来了吗?"

"可是,那个……"

"哪个?"周林对丁锁的疑惑明知故问,解释说,"咱必须不折不扣按照上面的要求,做到装备能出尽出迎接检查,但要求也没讲装备要上漆,轮胎要涂鞋油,场地要洗干净,原汁原味迎接检查,不是能让上级更好地摸清装备底数吗?"

"哦。"

"还有,别跟我讲条件,咱们必须出动两百台装备迎检。"

"行,听你的,没问题。"

跑任务路线很顺利,迎接检查也没出什么差池。不过时间卡得很紧,检查组前脚刚走,丁锁就带着一百五十台装备出发执行任务。

丁锁一回到营里,就把周林拉到一边问情况。

"受委屈了吧?"丁锁拽着周林的袖子,轻声细语。

"受啥委屈?你出了趟任务回来,咋变得神神道道?"

"我都知道,为检查的事,团长政委的火力集中到一起收拾你了。"

"是去谈话,不是挨批。"

"别瞒我,迎检那天虽然没出啥纰漏,但我看团长和政委的脸从头到尾都是铁青的,我琢磨着就没好事。只是让你一个人受委屈,我不自在。"又问,"咱们营年底跟优秀和先进是不是又沾不上边了?"

"真没批我,优秀和先进咱照样得争取。"

"那他们咋说?"

"嗯,他们跟我谈班子团结的重要性。"

"班子团结的重要性?"丁锁半信半疑,"真没挨批?"

"嗯,千真万确。"

不论周林怎么解释,丁锁坚决不信。丁锁自作主张地认为他不在的几天里,周林受到了团长和政委严厉的批评,忍受着极大的委屈。

四

周末集体看电影,好莱坞制作,飞机坦克火力全开,刺激得不行。

"啧啧,好莱坞的电影就是带劲。"

"啧啧,打仗还是得靠装备。"

"啧啧,你说电影里摔那么多架飞机得花多少钱?"

丁锁从礼堂出来意犹未尽,下一级台阶发一句感慨,台阶下完了,感慨还没发完,又借题发挥:"他妈的,咱要是有几架飞机就好了。"

"这个想法好。"周林眼睛一亮,"咱可以给上面提提。"

两个人可不是看完电影闲得没事瞎扯淡,而是正正经经地在谈正经事。运输团地处大山,翻山越岭是执行装备运输任务的标准程序。大山曲里拐弯,山路狭窄险峻,别说积雪天和下雨天,就连平常夜晚执行任务都捏一把汗。所幸未发生过大的事故,但周林揪着的心并不能放下,他担心着,真要打起仗来,只消几个小蟊贼把某处的山炸掉,碎石横在路中,或者,把山路十八弯上某一处的桥炸毁,那么运输团的几百台装备,就会成为困在笼子里的野兽,纵然再给油门,也前进不了一步。莫说往阵地运导弹,这些大块头能否自保都成问题。

有些事不敢想,想明白了就会吓出一身冷汗。

丁锁提到这个事,正应和了周林的心思。是啊,要是给运输团装备上几架飞机,那可就不一样了,地上能走,天上也能走,就算被小股敌特挡了路,炸了桥,运输团照样能把导弹按时按点送到阵地上去。

"我也就这么一说,快别给上面再提这个事了。"丁锁摇着头。

"整了半天你是卖豆腐只卖不割。"周林埋汰丁锁。

"我倒是也想割哩。"丁锁带着怨气,"可我是剃头挑子一头热,满以为事情如此紧迫会被上面支持,没想到却是捧着热脸贴了一圈的冷屁股。"

"你提过?"

"两年前就提过。"

"给谁提的?"

"都提过,最先给团长提。"

"他咋说?"

"管好你那一亩三分地就行了,不要瞎操心。"

"嗯。"

"又给基地参谋长提。"

"又咋说?"

"飞机的事不归基地管,这是总部考虑的事。"

"嗯。"

"后来总部来工作组,我参加座谈的时候还提。"

"这次怎么说?"

"问题我们记下了,提得很好。"

"然后呢?"

"然后? 没然后。我想明白了,提了也白提,我还不如省点唾沫。"

"你是营长,真要着急忙慌的时候被堵了路、炸了桥,你难不成把导弹用肩膀扛到阵地上去? 配飞机的事谁都可以不积极,你不应该。"周林说着就拽丁锁详细谈他关于编配飞机的设想。丁锁坐下了,态度却不积极,周林追着一个问题一个问题问,他才挤牙膏一样,说上一条,再说一条。毕竟是老运输,条条说到点子上,让周林兴奋不已。

过了一个多月,《对运输团编配空中运输力量的思考》在总部的军事学核心期刊《长缨》上发了出来。丁锁看到,读了一遍又一遍,高兴地直说:"就这意思,就这意思,写得明白得很。"高兴完了,却对文章是周林写的却署了他的名字有点过意不去。周林给他讲大局:"对于运输团配飞机这件事,出思想比写文章更重要。"周林还给丁锁分析,"上级首长看了你的文章如果觉得有道理,就会找人了解情况,可能找你谈,你如果谈到了点子上,说不定配飞机就有戏。"

"一篇文章就能让首长同意给咱配飞机?"丁锁坚决不信。

"等着吧,万一能等来奇迹呢。"

周林不知道那篇提出了问题、分析了原因、给出了对策的学术文章能不能给运输团的建设带来变化。他只知道,《长缨》是首长不说话的智囊团和参谋,很多文章提到的问题引起首长重视后都得到了解决。

周林不遗余力地想把遇到的一切问题都解决掉。

会不会有奇迹发生?

周林每天清晨都安慰自己,或许奇迹正在快马加鞭赶来的路上。

真是等来了,一个十几个人的调研组浩浩荡荡住进了团里的招待所。光看秩序册上军委军事交通部、总部军事交通局、基地军事交通处等一溜儿能跟飞机沾上边的单位,周林就预感到这次的事情能成。

丁锁平常大大咧咧,站在前面给首长讲业务那是行云流水。

丁锁讲完了,下面的人开始就编配飞机的必要性自由提问。

一个大校问:"敌人就那么轻易堵了路炸了桥?"

丁锁答:"这和敌人得到一包炸药的容易程度是一样的。"

一个上校问:"运输团自己没有清障和架桥设备?"

丁锁答:"有,但我们的任务是以最快的速度把导弹运送到阵地上去,而不是耗费时间去清障架桥。"

一个少将问:"飞机的安全问题怎么解决?"

丁锁答:"三十年前,我们编配了汽车,有人问到安全问题,十五年前,我们编配了火车,也有人问到安全问题,这么多年过去了,虽然一直没回答上来怎么解决安全问题,但安全的确没出过问题。"

一个中校问:"飞机谁来开?"

丁锁答:"我们暂时培养不来飞行员,但可以纳编飞行员。"

……

那天的问答持续了两个多小时,丁锁始终神采奕奕对答如流。周林开始还为他担心,不是担心丁锁语无伦次回答不上来问题,而是担心丁锁一顺口说出"他妈的"。到后来,他把这小小的担心也忘了。

总部的效率真是高,调研结束不到一个月,机场就开建了。

周林喜欢拉上丁锁每天晚饭后到修建机场的工地上去看一看,就像一对父母关注着自己一天天长大的孩子,内心的喜悦溢于言表。

回来的路上,打嘴仗成为两人"红蓝对抗"的常规动作。

周林说:"营长嘴皮子厉害啊,硬是给运输团说出来一个机场。"

丁锁说:"要不是教导员笔头子厉害写了那篇文章,我这嘴皮子连个说话的对象都没有,记得不,以前我可是热脸贴过冷屁股的。"

周林又强调:"还是营长嘴皮子厉害。"

丁锁再重复:"还是教导员笔头子厉害。"

左一句,右一句,黑夜就按部就班地把大山沉沉笼罩住了。

五

国庆之后未满一个月,山里就下了一场持续三天三夜的大雪。

丁锁天天站在理论学习室的窗子前朝着东边的山头望,嘴里嘟嘟念着:"出太阳吧,快出太阳吧。"他有私心,不是单纯喜欢阳光灿烂,而是指望着太阳晒化厚厚的积雪和冻冰,好让他带着装备出去训练。

太阳或许是被丁锁叫烦了,接连烈烈地照了一个星期。

雪化了,路却未开。中午太阳把冰融成了水,一过下午,冷风又把水吹成了冰。丁锁等不及这无休无止的循环,就带了人,在冰刚化成水的时候把水扫掉。周林挡他:"这几百里山路呢,你扫得了多少?"丁锁倔强道:"扫多少是多少,人定胜天,咱还能让一层冰给憋住了?"

又过了半个多月,路面才勉强能走车了。

丁锁摩拳擦掌开始热装备,时间长了不动,有些年久的装备就出了状况,有的打不着火,有的转不起来。丁锁跟着修理班逐台捣鼓,不耐烦了,就开始抱怨:"他妈的,这装备跟人一样,就得动起来,绝对不能停,人一停下,就长懒筋,装备一停下,就准出故障。"

周林也是满脸黑油,说:"一张一弛,有动就有静。"

丁锁抬着头:"冬练三九,夏练三伏,绝对不能停。"

装备轰轰隆隆地排好了队,就要出发,文书却匆匆忙忙来喊丁锁,说团里的参谋长打来电话,有十万火急的事要亲自通知。丁锁说:"我这出去训练才是十万火急的事。"丁锁和参谋长前几天才为修改训练大纲的事红过脸,就不想去,周林知道他想啥,就代他去接电话。

周林赶回训练场时,指挥车已经出了营门。周林连喊带叫追出去,总算拦了下来,丁锁伸出脑袋:"咋了,教导员,不是说好你留下吗?"

"基地下了通知,这段时间的室外训练全部停下。"

"啥?你说啥?"丁锁张着嘴,皱了眉。

"一切室外训练都停下。"

"这不扯吗?"丁锁嘟嘟囔囔,又把脑袋耷拉着收了回去。

停止室外训练的决定是一个多小时前在基地常委会上刚刚定下来的,怕文件下发各单位来不及,就从基地作战值班室开始,一层层先电话传达,确保把人都从外面招呼回来,再后续下发正式文件。

"咋回事,这不是路都开了吗?"丁锁太难受了,就像一个三天不见米粮的饿汉,眼见着一桌子菜摆好,正要吃,菜却被端走了。

"装备部有个司机开车滑到沟里去了。"

"啊——人没事吧?"

"人还在医院,听说问题不大。"

"就因为这?"丁锁不理解,"所以把室外训练都停了?"

"嗯。"周林说,"可能领导考虑路滑,不想再出事故。"

"不训练就不出事故啦?今天不在雪地里训练,明天要是在雪地里打起仗来,车还不都得翻到沟里去,也不知道领导是咋想的。"

"这是定了的事,你就别发牢骚了。"

"嗯,我不发牢骚,以后天天在宿舍睡大觉,我巴不得呢。"

"你想得美。"

只用了一个上午,周林就带人把司训队的车场清理出来了。

丁锁开始还不乐意,嘟囔说:"训练要跟实战结合,任务在哪里我们的训练线路就在哪里,这宽阔平坦的车场能练出个啥?"

周林说:"行了,你知足吧。在这儿练好歹不用上路,四周围墙都圈起来了,咱就能跟室外训练的嫌疑撇清关系,既不违反基地的规定,又能抻抻你的懒筋,总比不练强吧?"装备陆续都进了场。

"你这样说倒也在理。"丁锁嘿嘿笑着上了车,"练练单边桥、限宽门,把基本功再回回炉也不是坏事。"

那年的冬天有点反常,大雪下过就是接连几日的雾霾天,等不到雪化尽,一场新的大雪又铺天盖地而来。整个世界都被白茫茫地冰封起来,不论天上还是地上,都是冷冷清清的。基地禁止室外训练的命令和那个冬天的雪一样经久不息。直到第二年的春天,雪化了,花儿开了,学了一个冬天理论的其他单位官兵才开始启动装备。

乍暖还寒之际,总部组织比武的通知经层层下达到了营里。

丁锁摩拳擦掌,却佯装让周林拿主意:"教导员,咱请不请战?"

"必须的。"周林给丁锁打气,"不但要请战,而且要争第一。"

丁锁带队,周林搞保障,二营早其他单位好几天就开始准备。

二营代表队实力超群,在团里夺了第一,在基地也夺了第一。

丁锁兴奋地说:"教导员啊,你找车场训练算是找对了,一个冬天练下来,大家都能当教练了,参加这专业比武,就跟玩一样。"

周林提醒他:"这才到基地,总部高手如云,咱们代表基地到总部比武可别弄成垫底。"又说,"要那样,咱可算是把人丢大发了。"

"这不能。"丁锁严肃起来,态度上也更加重视,生怕如周林说的那样,好不容易光鲜亮丽地站在了总部的舞台上,却灰不溜丢地回来。

丁锁组织大家练得认真,细微之处抠得更细,心里憋着冠军的劲。

终于等到了赴北京比武的通知,丁锁给周林保证:"一定把冠军的奖杯给你捧回来。"周林给丁锁一行召开誓师大会,壮烈无比。

丁锁到千里之外比武,周林急切得恨不能插翅飞到现场去加油。尤其得知,丁锁他们不但得了专业第一,而且创造了三项新的纪录时,他的眼泪止不住,哗哗地往下流,像个突然被阳春白雪感动了的孩子。

终于,丁锁和他的战友们在基地业余演出队敲锣打鼓的欢迎中载誉归来。基地常委史无前例地集体到火车站迎接,他们轮流热情地拥抱丁锁,说他是一个了不起的营长,他们都给丁锁伸大拇指,说他给基地争得了巨大的荣誉。周林远远地望着,他为二营和丁锁骄傲。

时间过得真快,山上的各色花朵慢慢枯萎,夏天也就紧跟着来了,周林到营里也满了一年。丁锁说:"教导员,你的到来给营里带来了翻天覆地的变化。"周林批评丁锁把"翻天覆地"这个词用得不严谨,丁锁就拿荣誉室说事。里面不光多了几面比武竞赛的冠军锦旗和奖杯,还有两面奖牌:一面是军事训练先进单位,另一面是基层建设优秀集体。丁锁不无感慨地说:"咱算是把这几年亏欠官兵的荣誉全补回来了。"

"这才是万里长征第一步。"

"对,第一步,二营彪炳史册的日子还在后头呢。"

两人斗志昂扬,就像刚打了胜仗,又准备继续追逐穷寇的将军。

六

进入七月,二营的任务就繁密起来。

丁锁和周林带着两拨人,交替着到不同点位的阵地执行导弹输送任务。有时前者还没回来,后者就已经整装出发。二营的精锐尽发,就剩下几个病号留守营院。丁锁和周林十天半月见不着面也是常事。

那天大雨,周林前脚走,丁锁后脚带队回来,虽然只差了不到一个小时,但还是没碰上面。再见面时,丁锁已经躺在了医院里。

紧急通知到营里的时候,丁锁正组织官兵在车间维护装备。

泥石流淤积了通往山外的路,驻地政府请求基地出兵支援清障,基地就把任务部署给了最接近事发地点的二营。丁锁接到命令,当即抽点人员到现场抢通。见到的情况比想象的严峻,山体被雨水泡酥了,垮在路上,路基被砸掉一半,淤土挡住半条河流。雨越下越大,垮塌的山仍有继续垮塌的危险。丁锁见情况不妙,大喊着让大家撤,话音未落,一块两米见方的石头被松软的泥土带落,砸在淤积的土石上,没立住,又裹着土石继续往下滚,丁锁躲不及,就被挂倒在地。

周林执行完任务赶到医院时,丁锁已经躺了三天三夜。

"营长,营长,快醒醒。"

"营长,营长,别睡了,还有任务呢。"

"营长,你可别装睡,赶紧起来跟我回营里去。你要不回营里,我也就不管事了,到时候二营落后了、丢人了,有人问起是谁的营,我就说是刘丁锁的营,你不是爱面子吗,那到时候你还有什么面子?"

周林坐在丁锁的病床前,有一句没一句地说着。丁锁安静地躺着,像个累到睁不开眼睛的孩子。在周林的记忆里,丁锁一年到头都是忙碌的:忙着训练,忙着执行任务,忙着和上级据理力争。终于,丁锁这次可以心无旁骛地休息了。周林笃定,丁锁的心里肯定放不下二营。

"我可是说到做到。"周林继续趴在丁锁的耳边,"基地宣传处处长一直给我打电话呢,说处里缺人,让我回去当副处长,以前不答应回去,是因为二营有你在,我当这个教导员轻省。你现在躺着不起来,一大摊子事撂那儿没人管,我可不情愿既操教导员的心,又操营长的心,逼急了,我只能回去当副处长,到时候你可别怪我不讲情面。"

周林继续说:"我真要回去当副处长了,就不好回来了,就算你歇够了起来了,一看,咦,教导员咋不见了,找是肯定能找到,这么大个基地,我又不可能藏起来,但就算你说破了天,我也不可能跟你再回二营了。你想想,那时候我已经是基地堂堂的副处长了,怎么可能再回来当二营的教导员?再说了,就算能回来,我也……"

丁锁突然睁大了眼睛,正嘟嘟囔囔说话的周林被吓了一跳。

"营长,你醒了,太好了。"周林激动地抓住了丁锁的手。

"教导员,别走。"丁锁吃力地说。

"不走不走,八抬大轿都不走,我逗你玩呢。"

"哦。"丁锁放下心来,又闭上了眼睛。

丁锁大难不死,住了三个月医院,又生龙活虎地回来了。

丁锁憋不住,一回来就要上任务,却被周林拦住了,让他去找团长。丁锁纳闷,到团部见了团长,团长又让他去基地找参谋长。兜转着绕了一大圈,才弄清团里推荐了丁锁当基地作训处副处长。见基地参谋长,一是接受面对面的考察,二是征求他愿不愿意去的个人意见。

丁锁没当场给话,只说回去考虑考虑。

"这是好事,得去。"周林给丁锁拿主意。

"可是我不想离开二营。"

"你干营长都快四年了,现在你想的是离不离开二营的问题,下一步就得考虑离不离开部队的问题了。你现在的处境一目了然,要么调副团到基地当副处长继续干,要么年底因任职年满而被安排转业。"

"在团里调副团也行。"

"团里调副团只有一个参谋长的位子和两个副团长的位子,他们才上任多长时间?你觉得你可能吗?"周林给丁锁分析,"再说了,团里是把你当个重点对象培养的,要真有位置,能推荐你去作训处?"

"可我就是不想离开二营。"

"那你就在二营等着转业吧。"

周林的大道理胜了丁锁的小道理,丁锁终于同意去当副处长。

丁锁到作训处后,忙着熟悉环境,忙着学习业务,忙着对接上下,等终于抽出时间打电话和周林聊聊的时候,已经是一个多月之后了。

丁锁问周林:"你啥时候回宣传处?"

"嗯?"那边的周林有些意外,问丁锁,"我在营里干得好好的,回宣传处干啥?"

"忘了?"丁锁提醒,"那回,在我病床边,你亲口说的。"

"哦,说着玩呢,宣传处哪还有我的位子?"

"可是……"

"哦,对了。"周林兴冲冲地说,"营里配了一批新装备,我们是运输团的第一家,上面说了,二营有代表性,所以先尽着二营用。"

"现在的二营比以前的二营更牛了。"

"那当然,还是你当初把底子打得好。"

"底子是大家一起打的。"

"也对,不过你也是大家之一。"

"嗯,你也是。"

挂完电话,丁锁有些失落。丁锁之所以决定来作训处的一个重要原因是他以为周林也回宣传处,可是就目前来看,他的老搭档似乎不打算再回基地机关了。丁锁当然清楚,宣传处的副处长位子一直空着,处长也隔三岔五给周林打电话。他是教育的好手,以前是,现在更是。

又到冬天,第一场雪说下就洋洋洒洒地下了起来。

坐在暖烘烘的办公室里,丁锁突然就想给周林打个电话。丁锁很想问问周林在干什么,是不是在维护装备,是不是在扫雪,是不是在组织官兵学习装备理论或者应知应会知识。山上的雪应该更加浓密。

电话没来得及打,丁锁收到一个紧急文件,他又忙去了。

很多天后,丁锁恍然想起那个准备打却没有打的电话。他急切地拨到二营周林的办公室,却是一个陌生的声音:"你好,请问哪位?"

"你好,我是基地作训处的刘丁锁,麻烦找下周林。"

"哦,是刘处长,你好。"对方说,"罗教导员已经调走了,我是接替他的教导员彭大伟,从修配团调来,以前咱们见过的。"

"哦,你好。"丁锁疑惑,"周林去了哪里?"

"上个月出事的勤务营。"

"他怎么去了那里?"

"我也弄不清。"对方说,"是他主动要去那个烂摊子单位的。"

"他自己要去的?"

"对,听说团里劝都劝不住。"

……

丁锁又想起周林刚到营里时的情景。

丁锁抱怨:"全团六个营,样样冲到第一想都不敢想。"

周林说:"不想一下,你怎么知道不行?"

丁锁说:"那咱想一下?"

周林答:"必须想,而且光想不行,还必须撸起袖子干。"

转眼间,一年多就过去了。

那真是一段美好的回忆,时不时就出现在丁锁的脑海里。

■ 远远的天边有座山

■ 哨所轶事

　　三月初上,暖暖的春风一扫,漫山遍野叫得上名字叫不上名字的乔木、灌木以及藤本植物的干上和枝上,就都挤出星星点点的绿芽儿来。没过几日,铺天盖地的绿色就强势接管过枯败了整个冬季的大山。

　　电话铃声响起的时候,罗澎湃正站在二楼的窗户前迎着温暖的朝阳欣赏春天朝气蓬勃的景象。冰封了两个多月的河沟几日前就解冻了,冰融水从几个山头汇聚到一起,唱着欢快的歌曲潺潺而下;南去的鸟儿也带着远方的问候陆续归山,如刚报到的学生,叽叽喳喳说着分散后各自的新鲜事;还有长在哨位边上的那一树蓬勃的蜡梅,才懒得去分辨春夏与秋冬,由了自己的兴致,径自华丽骄傲地炫耀着妖娆。

　　罗澎湃突然伤感起来。他清楚地记得刚到这个高山哨所时见到蜡梅的第一眼,无叶无花,枝条在寒冬里稀疏萎靡。他穿过杂草丛生的山道初来哨所,就在心中蓄积起强烈的抵触。他啥都听不进,执意要走,走不了,就在度日如年的煎熬中抗拒着。时间如春风,在一丝一缕里救赎了被冰封的希望,让每一个理想都生根发芽,迎风成长。真是快呢,不知不觉间,两年多就过去了。罗澎湃现在真是舍不得离开这里。

阳光暖得让人有些迷醉,真不想动,也只纠结了一瞬,罗澎湃还是过去接了电话。如他所料,电话是连部打来的,他猜得没错,是召他过去。他一早就开始等这个电话,也是等着一块久悬的石头落地。

罗澎湃去年是想过报考研究生的,可后来他又不想了,不想不是因为对读研究生这件事不感兴趣了,而是知道连里压根不可能放他走。

罗澎湃清楚得很,连里镇守着大山禁地四个呈"八字形"散开的哨所,加上连长、指导员、副连长和三个排长,总共就六个干部。遵照干部必须带哨的规定,连长和指导员坐镇连部,副连长和三个排长各值一哨。一人一个岗,他若读研,连里还真抽不出人来顶他的缺。

明知道报了名也不批,不如不报。罗澎湃自觉断了考研的念想。

可弄不清连长咋知道罗澎湃有考研的打算。在那个冷雨霏霏的傍晚,连长深一脚浅一脚走着来到哨所,立场坚定地劝说罗澎湃报名。

罗澎湃说:"我要是走了,天上星哨所就没干部了。"天上星哨所就是罗澎湃所在的这个位于"八"字右捺顶上位置的哨所。连长说:"离了你地球还不转了? 我们不会再要人?"罗澎湃说:"可一时半会儿要不到咋办？"连长说："我和指导员轮流来当哨长行不行？"说完，盯着罗澎湃笑问，"你小子，是不是害怕考不上？"罗澎湃纠结考不考的问题，连长已经跳跃到考得上考不上的问题，罗澎湃跟不上连长的节奏，也就不知道咋答。雨越下越大，天越来越黑，连长走之前斩钉截铁道："考吧，不管你飞多高，连里都毫无条件地支持你。"

　　罗澎湃被连长感动得热血澎湃，就把断了的读研希望又接续起来。如果说刚开始想考，是为了自己，那么现在，则有了更加厚重的意义。

　　连长能来动员他考研，对罗澎湃来讲是个很大的意外，不光他意外，就连二排长三排长也意外。副连长甚至说，在警卫连的发展史上，这也是头一遭。罗澎湃清楚得很，警卫连没人愿来，来了的又都想走，所以从来都是做劝留的工作，没想到连长这回竟改了风向。人人都觉得意外，正是这千年一遇毫无道理的意外，让罗澎湃看似没有可能的读研变成了可能。他憋着劲复习，可不想让即将改变的人生也出意外。

　　罗澎湃对意外有着切肤的感受，他觉得人生的意外就算未达到十之八九，最起码也有个七八。就拿军校毕业后分配单位的事来说，刚到岗前培训营，他就听之前的师兄们说了，基地最苦最累最难晋升的单位是禁地的警卫连，不管想啥招，都不能分到那个单位去。他也打听到，每年分配的时候，都是禁地先来培训营挑人，而且禁地的干部最

哨所轶事

085

先选的是各方面表现优异的学员。做到不优秀总比做到优秀容易,罗澎湃集训的时候没拿出真本事,差一点纳入不合格,但计划不如变化快,分配时禁地正在执行任务,头一遭放弃了优先权,其他单位挑完,余下的人尽数进了禁地。二次分配,罗澎湃竟成了之前想都没想过的到禁地警卫连的那百分之一。接二连三的意外让罗澎湃心灰意冷。

连长很优秀——这优秀恰恰是没人愿意来警卫连的原因。

罗澎湃到警卫连之前就听说了,因为优秀,所以连长没能去机关,同批的其他人去了,几年下来,有的到了旅里的机关,有的到了基地的机关,甚至有的还到了军委的机关;因为优秀,所以连长考上研究生单位不放,同批的其他人去了,几年下来,有的研究生毕业,有的博士生毕业,有的毕业留校当了教员,有的换了岗位去搞科研;因为优秀,他没有机会轮换不同的岗位,同批的其他人轮换了,机关待上一年半载,基层待上半载一年,晋升时,这丰富的履历成了加分项,倒还能提前个一年半载。一年年这么优秀下来,同一批的其他人很多都干上了正营、副营、硕士、博士、股长、科长,而连长,还是和几年前没有任何区别的原生态连长。纸面上的正面典型成了大家心里的反面教材。

不能转化为成长进步的优秀,难免让人唏嘘慨叹和望而却步。

没人愿意到警卫连来,干得再出众,顶多也就能成为连长那样。可成了连长又能怎样,有人说,就是苦着、累着、奉献着、无望着。

不光连长,警卫连的每个干部几乎都是几年不挪窝。

罗澎湃能有机会报考研究生,在警卫连破了例。不是破了考研究生的例,而是破了能离开警卫连的例。罗澎湃比连长更幸运。

成绩还没出来,罗澎湃就听说了二排长被宣传科点名抽调的事。罗澎湃心里起了波澜,他想着,在一个萝卜一个坑的警卫连,他考研走了,连长和指导员还勉强能轮流替他执哨,可二排长要是也走了,无论如何都再腾不出干部去替二排长执哨。也就是说,就算再破例再意外,他和二排长也只能走一个,要么他考研走,要么二排长被抽调走。又想着,他考研走是个人行为,二排长被抽调走是组织行为,两相比较,他觉得走的希望又变得愈加渺茫。罗澎湃沮丧起来,为突如其来的变故,为刚点燃又将熄灭的希望。念头一转,罗澎湃回过神来,机关点名抽调二排长和二排长能不能走完全是两码事,机关一厢情愿想在警卫连抽调人也不是一回两回了,可也没见着谁被抽调走。二排长是警卫连的二排长,能不能走还得连长、指导员点头。连长肯定知道连里只能走一个干部,而且连长专程劝他考研,也就是说连长同意他走,他走了,二排长自然就不能走。这么一想,罗澎湃就安下心来。

可才过了一日,他又听说连长给宣传科科长拍胸脯讲过:"要是看上二排长的笔杆子,就放他走。"罗澎湃在心里抱怨起来,连长怎么可以这样不讲原则,明知道只能走一个人,却既劝他考研,又打包票让二排长去宣传科。随后从副连长那里听来原委,罗澎湃才知自己误会了连长,连长打包票说这话是在劝他考研之前,但当时宣传科科长没调二排长,都到罗澎湃考完试了,宣传科科长才拿着连长打过的包票来抽调二排长。嗯,到底怎么办?罗澎湃都想不出连长能有什么好法子。

"等吧。"副连长说。

"怕是等也白等。"罗澎湃沮丧。

"等你考研成绩出来。"也不知道是副连长自己想的,还是转述了连长的意思,颇有几分见地,"两个人都想走,却只能走一个,这事谁都不好办,可你的成绩要是不过录取线,这事不就迎刃而解了?"

道理都对,可罗澎湃心里不美气,心想闹了半天,解决问题的办法竟是寄希望让他考不过线。罗澎湃在心里堵着气,笃定分数不会低。

一场大雪之后,哨所进入了白茫茫的冬季。

经过连续几个星期的忙碌,天上星哨所在冬季所面临的取暖、巡山、伙食等问题都得到顺利解决,可萦绕在警卫连的放谁走的问题却终究没能像副连长希望的那样迎刃而解。罗澎湃的考研分数是三百九十一分,比录取线足足高了六十一分。这个成绩要是考不上,只能怀疑招生办老师冒天下之大不韪和连长串通一气故意不让罗澎湃读研。

接下来是复试,再接下来学校给了可以录取的板上钉钉的结论。听说宣传科也接二连三给连里打电话要人。到底谁走?到底谁能离开这山旮旯里的哨所?罗澎湃急,他知道二排长也急。罗澎湃在急来急去中也想来想去,从头到尾想过几个回合,他甚至同情起连长来。罗澎湃清楚得很,不管放了谁来定这个事,都一样是左也难右也难。

"算了,研究生不上也罢。"罗澎湃试图劝说自己放弃。

"不行,考都考上了,凭啥不去?"另一个自己却据理力争。

掩盖了层峦叠嶂的大山的雪说化就化了,锁住河沟的冰说消就消了,又一个崭新的春天说来就来了,可警卫连悬而未决的事仍在那里悬着。

罗澎湃听说宣传科科长已催了连长好几次了,也听说就连政治部主任都给连长打电话了。他不确定这些听说的信息是否准确可靠,但他清楚的是,二排长还没有离开哨所呢。二排长在,他的希望就在。

"这都乱了套了。"副连长对着罗澎湃莫名抱怨。

罗澎湃赶紧给副连长解释:"我们每回巡山都有记录的,是巡一次记一次,而不是到周末统一登记。"副连长打断他,"嗯,不是说这个,你们巡山组织得很好,记录也很详细,真是应该组织其他哨所到你们这里来学习好经验。"说完,岔开话题又讲,"你那个事连里也想办法呢,调个人来接你也不是那么容易的事。"话说完,继续检查厨房卫生,检查农副业生产,临走,才又接起之前的话茬,咂巴了几下唇,欲言又止,终于说,"连里也难,不管做出啥决定,你都要理解。"

"理解理解。"罗澎湃说,"我接受连里做出的任何决定。"

"可不能光在嘴上理解。"副连长意味深长地说,"我不反对天高任鸟飞,也坚定支持海阔凭鱼游,但都走了,警卫连咋办,哨所谁管?"

罗澎湃没法回答这个问题,他品出副连长这是给他带话哩。

所有的等待最终都要以句号收尾,毕竟,在或长或短的等待之后,还有另一个等待迫切地催着开始。罗澎湃清楚,连长该做完抉择,也该和他们谈话交底了。连长肯定也猜到了他在想啥,这不,电话就来了。

罗澎湃进会议室时,看到连长在开会时他惯常坐的那把椅子上孤零零地坐着,靠着椅背,茫然前望,疲惫如泉水,自上而下把他浇透了。迟疑片刻,罗澎湃还是往里面走了两步,提起嗓门打了报告。

"来来来。"连长绷起身子坐直,恢复到往常那样干练。

"知道我叫你来干啥不?"连长盯着罗澎湃,开门见山。

罗澎湃当然知道干啥,却不知要不要说出来,就没说。

连长接着讲:"前段时间你考研究生的事还真是让我挠头呢。"连长的五官在面部堆积出疲惫的善意,沧桑的脸上勾勒着他前段时间为此事亏空的旧痕,"两个都是我的排长,一个上面点名要,一个考研要走,顶缺的人却一时半会儿来不了,我恨不得把自己劈两半替你们。"

罗澎湃心里有数,连长此刻一脸笑容说这个难处的时候,这个难处就已经不是难处了,就像回忆苦难的总是那些已经摆脱掉苦难梦魇的人,他们再说起时,已把曾经受过的那些苦难当成了宝贵的经历、成长的阶梯和吹嘘的资本。他们把苦难酿成蜜,是甜的。而仍旧深陷苦难的人才不会去谈令他们沮丧和蒙羞的那种无能为力,他们更愿意随心所欲地去畅想未来,他们宁愿凭一己意念拥有整个世界。罗澎湃知道连长已经做出了决定,却不知道做出了什么决定,虽然连长叫他来的目的就是告诉他答案,但他还是急迫地想凭蛛丝马迹猜测出来。

"你能考出那么高的成绩真是不简单。"连长说,"我敢说不光在警卫连,就算在整个旅里,就跟没人能和二排长比笔杆子一样,也没人能跟你比考试成绩。"又说,"咱警卫连,个顶个都是难得的人才。"

"你踏实稳重。"连长评价罗澎湃,"就跟干工作标准高是二排长的标签一样,这也是你的标签。你们能把同一批的排长甩一大截"

"你考了那么高的成绩,连里本应敲锣打鼓送你去上学的。"

"嗯,能考上,这是你的本事,也是连里的光荣。"

听到这里,罗澎湃心里沉重起来,品连长的意思,本应敲锣打鼓送,那现在就是不送了呗,他失望着,却也并没有完全放弃希望。

"二排长的事按理说在你前面。"连长说,"你没考研的时候,那个王科长就找我说缺个写材料的干部。"看看,连长果真是要往原本平衡着的天平的二排长那边加砝码了。罗澎湃继续听连长讲,"可王科长后来没要二排长,我以为他已经找到人了,就没把这事当个事。"

罗澎湃注意到连长提到了先来后到的论点,他想着,接下来可能就要用这一条顺理成章地得出他想给出的结论吧。是啊,二排长的事在先,不管后来发生了什么,这个在先总是硬道理。罗澎湃继续听连长讲："可他现在又管我要人了,明知道二排长是去宣传科的料,我也不能为了用着顺手不放他吧,他的路还长,不可能在哨所一辈子。"

罗澎湃思忖,连长拐弯抹角到底想说什么呢？既然你觉得他是去宣传科的料,既然你想放手,那还说什么？你就痛痛快快让他去呗。罗澎湃想到这里就生气,生连长偏心的气,也生连长拐弯抹角的气。

"你见过二排长写的材料吧？"连长啧啧地说,"那小子真是耍笔杆子的料,啥材料都是大一二三套着小一二三,一层接一层往下说,蛮有味道,蛮有层次,随随便便就能写出几千字,真是了不得。"

"你见过二排长写的材料,肯定也见过他写的新闻稿。"连长继续说,"以前经常在《火箭兵报》发,前段时间竟又在《解放军报》发了一条。王科长说了,旅里的新闻干事在军报上都难得发文章哩,你说,他整天猫在山包包的哨所里,竟还比宣传科的干事都能耐。"

"你说,他是不是干文字工作的料？"

"二排长笔杆子厉害。"

"你说,他是不是去宣传科当干事的料？"

"二排长就算在宣传科也是顶梁柱。"

"怪不得王科长惦记上了,要我说,如果宣传科长发现不了二排长这样的人才,就是宣传科科长的失职。当然了,二排长也给警卫连做了贡献,上面要的材料,我和指导员的发言稿,都是二排长过手呢。"

"我明白。"连长对罗澎湃说,"二排长在连里是屈了才。"

哨所轶事

093

"二排应该有大发展。"

"咱们想到一起去了。"

"二排长当排长是大材小用。"

"你们都是好样的。"

罗澎湃憋红了脸,正了正身子,犹犹豫豫要不要说,终于在咽下一口唾沫之后,还是坚决地对连长说:"我决定不去读研究生了。"

"啥?"连长把身子从椅子里抬起来,"你可要考虑清楚。"

"我决定留在连里。"

"急啥嘛——"连长说,"我还没把话说完,你抢着表啥态。"又说,"虽然我们都觉得二排长天生是当宣传干事的料,但他自己不觉得,昨天晚上我找二排长谈了,他不愿去机关,就想留在连里继续干。"

连长斩钉截铁地告诉罗澎湃:"你就放心上你的学。"

"可是。"罗澎湃说,"我还是决定不去了。"

"去,咋说都得去。"

"我和学校那边已经说过不去了。"

"那就再打电话,说去。"

"改不了了,学校已经调配了其他人补缺。"

"哎呀呀——"连长急得站了起来,"你说你们两个,前段时间都要走,让我为难得不行,现在又都不走了,让我还是个为难。"

通往哨所的路上已经零零散散长出了青草的嫩芽,星星点点,一片连着一片。罗澎湃记得第一次到哨所的时候,这里还没有路,要踩倒高大的草木才能过去。他带人砍掉草木,铺上石子,这里就有了路。

罗澎湃其实早已做出了不去读研的决定,只是还想从连长那里得出一个答案,一个让他走还是让二排长走的答案,似乎有了那个答案,他才能在偶像一样存在着的连长那里称出自己在他心中的分量,可到底里,他小小的愿望落空了。也好像没落空,连长先谈话的是二排长,到他,已经是要给出现成的答案了。罗澎湃有些小小的得意和满足。

一个多月后,连长接到去基地作训处报到的调令,他虽不情愿却不得不服从命令。在连部欢送连长时,罗澎湃和二排长相望一笑,没有人知道他们的得意里藏着什么秘密。其实,他们从副连长那里得知作训处要调连长的消息后,就开始策划,相约二人留下,让连长走。

不久,指导员也考学走了。罗澎湃成了警卫连的连长,二排长当了指导员。他们对那件事情一直守口如瓶,就像从来就没有发生过。

■ 远远的天边有座山

■ 096

■ 我的战友罗江

无名谷于我既遥远又缥缈，而我的好朋友罗江已在那里待了10多年。

当年我们学员队98个人，分配到海陆空和第二炮兵部队，分散在天涯海角的各个军营。北到漠河，南到南海，最西边的扬言撒泡尿能顺风飘扬到印度，最东边的则常随军舰巡护钓鱼岛，一个比一个远，一个比一个更有理由在彼此的生活中杳无音信。独我俩未分散，一同分到了第二炮兵的A基地，甚是欢快，想着有更多机会在小酌两杯里共叙往事。可集训结束后二次分配，我留在了镇上的训练团，他却进了遥远神秘的无名谷。

记得在前往A基地报到的长途火车上，罗江一遍遍给我讲他的五年规划。他脑子里全装着经商的门道，又是做电子品牌的总代理，又是依托互联网开设线上工厂，还煞有介事地说要找些老师办培训机构，怎么招兵买马，怎么运作，怎么挣钱，都说得头头是道。想着上军校真是可惜了他这经商的好材料。说到高亢处,他还许诺我说:"阿满,要是做成了,以后培训教育这一块就交给你,咱们要立志做成东南地区最大的培训品牌。"他那样气势磅礴,仿佛我们不是去基层部队任职,而是履新跨国公司的大区经理。

罗江可不是光会耍嘴皮子,而是在经商领域有着实实在在的辉煌战绩。大一下学期他就开始倒腾拨号电话卡回学校卖,虽然当时管理甚严,但罗江总有办法稳妥安全地买进卖出。随着大三开始的手机普及,他又成为某国产手机在周边几个学校的分销商,还卖组装电脑。据传,他最多一个星期卖过100多部手机和20多台电脑,人称"政治大学的电商大佬"。

临毕业,我们大多数人只凭借100多块的津贴清贫生活。而罗江胡吃海喝奢侈浪费之后,还华丽丽从大学校园里带着数十万元高调毕业。他那次在火车上先和我谈怎样挣钱,又顺理成章扯到人生价值的大课题。罗江说,一切金钱都是劳动成果的体现,你越有钱说明劳动成果越多,说明对社会贡献越大,自然也就更有价值。他谆谆教诲我:"其他的都是瞎扯。"

刚从政治大学故纸堆里抬头的我一番聆听,醍醐灌顶深以为是。加上他曾呼风唤雨的本领,我更坚定认为,没有什么能够阻挡罗江前进的步伐。

可未料想到,罗江被分配到了无名谷。在那深深的交错群山里,是固化的与世隔绝和整齐划一，不会给他留出丝毫施展经济智慧的缝隙。他说过不想在部队久留，如今置身艰苦之中，能想见他的不甘心和不安心。

果然在分别后的一个晚上，我正代替指导员在俱乐部领教歌曲，文书说有我电话，接起来，正是罗江。他的情绪很低落，对我说："阿满，你知道这无名谷的山有多高吗？"他还说，"我的家就在山脚下，劳神费力考学离开了大山，不承想到头来却进到更大的山里。"沉默许久，他决绝地说，"你看着吧，我必须离开这里。"他问我信不信。我未及回答，那边传来紧凑的集合哨声，接着一阵凌乱嘈杂。没说再见，电话就嘟嘟嘟挂断。

我相信罗江能把自己调离无名谷。他有我所不具备的力量和能量。

没过几天，他的电话又打来。

"我无论如何都得走。"

"这才刚见习，能走吗？"

"我不管，只要能离开这鬼地方，被除名都行。"

"还没授衔呢，不如等一等再说。"

"我一天都不想待了，必须离开。"

那时我未到过无名谷，也未听人详细说过。可既然罗江如此不管不顾坚持离开，我自然想那里是刀山火海痛苦莫名，就在心里同情并支持罗江。

之后两三个月再无罗江的消息。无名谷是军事禁区的禁区,普通军线电话打不进去,我急切,却等不来他丝毫音信。此间我被分配到警勤连,经受着和军校截然不同的体验,既有新兵客气地喊我排长,又有代理排长之职的二期士官刁难苛责,既有半夜站哨的疲惫痛苦,又有给全连官兵上课的春风得意。秋风吹出些许寒意之际,我被调到团政治处当干事。

初到政治处,也没有什么紧要任务交给我,每天最重要的工作就是打扫处里的卫生区。卫生区范围不大,却有几棵五六十年的白杨树,初秋季节一片金黄,甚是美丽,可随着风来,便是"无边落木萧萧下",每天飘零一层,打扫干净,次日晨,又是一层,且地势坑洼,清扫甚难,颇费耐心和力气。在寒意瑟瑟的秋天早晨,我总是热气腾腾地在如画般美丽的白杨树下忙碌,再想起,竟是生动的场景。未久,一个外单位调来的副主任站在树下说:"小高,我和你一起搞。"一聊,他竟是从无名谷调出来的。

"你是哪个学校毕业的?"

"政治大学。"

"今年刚毕业?哦——对——"他望我一眼说,"肩上还扛着红牌呢。"

我羞涩地抬头笑笑,对领导的关心表示敬意。

"那你应该认识罗江?"

"认识认识,我们是大学一个队的同学。"

"哎呀,你这个同学表现可不咋好。"

副主任告诉我罗江分在警卫营,而他当时恰恰就是营里的副教导员。"你那个同学啊,毛病可不少。"副主任上班时间绝少到我们几个干事办公的大办公室,只在早上清扫落叶时,想起一件说一件罗江的故事。我听得越多,后面想知道的就越多,面上却装得淡定,不主动问,只等他讲。

分到警卫营后,见习学员都分散到各班和战士同住,别人都行,只有罗江提出调换宿舍,他嫌班里有战士打呼噜睡不着,换完后还是不行,又说受不了另一个宿舍的汗臭味。营里没法,最后把他安置在行李库房,睡觉的事算是解决,可胡搅蛮缠的事情还在后面。警卫营早晚都要跑一趟重装五公里,罗江一回没跑完,就死活不跑了,还振振有词地说,人的体质有差异,有的能跑,有的不能跑,他属于后者。好吧,不跑步就打扫卫生吧,可罗江打扫的卫生回回被通报批评。评比结果就张榜公布在营部门口的宣传栏里,全班都脸红,就他理直气壮反驳说:"当兵不是打扫卫生的,而是打仗的。"副主任叹息说,这样的干部对自己不负责,谁还对他负责。

只言片语里也得知无名谷山清水秀、营区整洁,似乎并不是我依着罗江的厌恶揣度的那般恶劣。不知道罗江所有的不能忍受是不是皆因为高山密林里的无名谷剥夺了他经商的梦想,他无奈于一入此地,理想顿成浮云。

黄叶落尽,关于罗江的故事也告一段落。副主任是团领导倚重的笔杆子,整天在自己的办公室里闭门写高深莫测的政研材料、研讨材料、会议材料,平时很少参加处务会,也不到我们的大办公室来,只在吃饭时能在食堂打个照面,他总在这时舒展了笑容鼓励我:"小高不错,好好干。"

大概在元旦前后,副主任突然打电话叫我到他办公室。

"你知道不,罗江被关了禁闭。"

"关禁闭!为啥?"

"那小子想翻山离开无名谷,结果被抓了回去。"

"啊?"我大脑一片空白,并不知道这意味着什么。

"你跟他说两句吧,做做思想工作。"

副主任转了两次机,把电话接到了罗江手里。

"喂,罗江吗?"我不确定在电话那头的寂静里有没有人。

"阿满,怎么是你?"是罗江的声音,他先是惊讶,继而慵懒、颓丧。

副主任在边上站着,我也没法细问罗江究竟,只说了些服从分配、建功立业之类的大话。他简单回复着"嗯""知道了"。沉默许久,罗江突然问我:"我这样是不是很丢人?"我顿了一下,回他说:"一切都会好的。"

几天后,副主任的一篇文章在《解放军报》发表,我去送报纸,顺便也谈些看完他文章后的收获。副主任很高兴,他对我说:"你有政治大学的底子,跟着我磨一磨,肯定能写出来。"又讲了他的某战友因笔头子好给基地首长当秘书,后来调到第二炮兵机关,后来又到总政机关,现在已经在北京当了处长,并鼓励我长江后浪推前浪。我有些心猿意马,不说,只等待着,希望话题能到罗江身上。终于,片刻停顿后,副主任提到罗江。

他说:"都是一批同学,罗江要和你一样上进,也不至此。"

我红着脸,倒像觉得副主任在批评我。

罗江那批分到警卫营的 10 多个学员一个月后定岗,都当了排长,只有他仍是学员。罗江不服,去找教导员,未果。又找政治处主任,主任有主任的理由,无非说他到营里后的种种落后。罗江没趣,气鼓鼓回到营里,更是破罐子破摔,四处叫嚣着他不干了,要转业回去。可是明明白白的规定罗江也知道,生长干部学员最低要服役 8 年。远不是谁想走就能走。

也不知动了哪根筋,他竟然敢翻山越过禁区,差点当成逃兵。

副主任说:"得亏连里最先抓到他,要是第一时间找不到他,把情况报到上头机关和首长那里,莫说禁闭,十有八九是要关进监狱判上几年的。"念在他意气用事,只是批评教育,当然免不了让罗江在禁闭室面壁思过。

我能感同罗江的痛苦。他的痛苦不只是常人待在无名谷里的那种空虚寂寞冷，更甚在于他那无处安放的经商理想。他要做电子品牌的总代理，他要依托互联网开设线上工厂，他还要办培训机构，可在无名谷里，他除了一遍又一遍地空想，根本无能为力，我们的罗江对此又怎能甘心？

我替他忧虑着。如何才能束缚住恣意蔓延的经商理想在无名谷里熬过 8 个年头？那可是 3 千多个日日夜夜，7 万多个小时。于他，太过漫长。

之后再无罗江的消息，就连副主任也忙着融入永无止境的材料，少了与无名谷的联系，就再无更新版的罗江故事。曾想过写一封信到无名谷，问问罗江的近况，鼓励他适应和坚持。可想过也就过去，终没有落实。

第二年秋天，训练团承接了整个 A 基地的军事技能大比武。我被抽调到会务组负责文字材料的起草和校订。在秩序册上看到了"罗江"二字，的确是无名谷的干部，我像被电击了一哆嗦，仔细看，备注里的比武专业却是"电力"。我立马泄了气，这和学政工的罗江风马牛不相及。

那天晚上副主任带着我修改几天后团长在军事比武总结大会上代表考核单位的讲话，回到办公室已经凌晨。仍在加班的老干事说有个来比武的人找我，等到将近 9 点钟快点名时才走。我问名姓，同事说是我同学。

莫非真是罗江？我不敢肯定。

次日找到无名谷官兵的集训地，电工罗江真就是我的大学同学罗江。

"怎么是你？"

"怎么就不能是我？"

"怎么干上电工了？"

"觉得有意思就干呗。"

此时罗江的身份已经从警卫营的见习学员变为变电站的助理工程师。我讲了讲我一年的经历，他也略微说些在变电站的事。至于其他，他未提及，我也没有多问。但能从政工干部变为电工，中间肯定有很多故事。

"之前的5年规划还作不作数？"

他愣了一下，笑着摇摇头说："我现在转换到无名谷的频道了。"

"经商的事也不想了？"

"现在不想了，以后再说吧。"

印象里，转换到"无名谷频道"的罗江那次没有参加个人项目比武，只是在野战线缆架接比武中给别人打下手。即便这样，我也觉得他实在了不起，因为到现在，我也未听闻哪个政治大学的校友干了纯技术工作。

第三年初春,基地政治部宣传处一名干事转业,因我在第二炮兵的党委机关报上发表过一些"豆腐块",便被征召顶缺。到了繁华热闹的 A 市,自然想起罗江的 5 年规划,旧事犹记,罗江却已去山高林密的无名谷。

有一天,对面保卫处办公室的路干事找到我,说过几天有个快递,他留了我的电话,让我到时代收。他顺便说起将到无名谷调查一起触电身亡的意外事故。无名谷的事都是绝密,就算基地内部的人也有保密纪律,他且说,我且听。他不说,我也不能去问。路干事一走,我心里就唐突起来。第一个担心触电者会不会是罗江,他搞电,却又半路出家,真是让人焦灼。

犹豫一番,我斗胆用政治部的值班电话打到无名谷,就想确定一下,触电事故和罗江无关。那边却三缄其口,我挂断电话更加惴惴不安。直到几天后路干事处理完事故回到单位,我借着给他送快递,直接问:"出事的不是罗江吧?"他疑惑地望着我,本能地说:"不是。"我才安下心来。

10 多天后,安然无恙的罗江打来电话,闻其声,我倍觉亲切。

"搞电太危险,不如换个岗位?"

"出事的是我们副站长。"

"听说当晚大风大雨,为何不等到第二天再维修线路?"

"保养超级武器不能断电,副站长明知危险,却还是主动请缨。"

副站长的牺牲在无名谷并非个例。为了捍卫超级武器，无数人在这里埋葬了青春以及生命，他们从来不畏惧生死。在这片光荣的土地上，每一个人都迎着阳光努力绽放，就像那漫山遍野独自盛开又凋零的格桑花。

　　不论在何处，绽放——本身就是一种价值的体现。

　　罗江说，是副站长从警卫营把他带到变电站，并教授他最初的电力知识。他永远忘不了那个黑夜，副站长在风雨中决绝地说："我上去看看。"

　　一道电光火石，击穿了副站长的肉体，也坚定了罗江的选择。

　　他觉得对副站长最好的缅怀就是做一个技术精湛的电工。世界上最恐怖的事就是一个优秀的人能够坚持不懈，罗江钻研电力知识便是如此。

　　再见到罗江已经是毕业后的第5个年头。他到A市见女朋友，顺道找我。他的女朋友我5年前在政治大学的校园里见过，长发披肩、白净颀长，是典型的南方美女。对的，罗江在无名谷消失了5年，女孩就在茫茫人海中坚定地等了他5年。把女孩送上火车，我拉他到A市最有名的夜市喝酒。

　　想到了当年在火车上经常小酌的约定，我们不禁感慨万千。

　　"没想到喝杯酒要等5年。"

　　"就是啊，谁能想得到呢？"

我们那时讲好的,每周都要喝一顿,轮流做东。那时的岁月随风飘荡,以为年轻的光阴尽可以随性而为,未想造化弄人,一等就到现在。

"A市应该是你的舞台。"

"我的舞台在无名谷。"

"想过没有,若你一直在A市,5年会怎样?"

"不知道,或许也不过是和你在这里喝酒吧。"

罗江不再气势磅礴,他置身于人声嘈杂中,他超然的平静令我感到意外。

"是不是打算结婚了?"

"她让我转业到南京,和她一起经营厂子。"

"你去吗?"

"不知道,我告诉她至少3年后才能给她答案。"

"她愿意这样等吗?"

"她说她等。"

3年后满8年。说起来,那5年也真是去得迅疾如风,没来得及伸手去抓,就无影无踪。接下来的3年呢,不过是另一场风,定然转瞬即逝。

A市别后不久,罗江就当上变电站站长。我调侃他说:"到底有没有真本事?你一个政工干部可不要在'电老虎'面前滥竽充数。"罗江说:"你莫小看我,我这次可是基地独一个参选尖子人才库的电力专业人选。"

好霸道的"独一个"。罗江已是基地新生代电力专业的第一人。

隔行如隔山,难以妄断罗江的技术道路是不是走得艰难,反观我,读完 4 年大学文科后,就坚定地以文科生自诩,对所有的方程式、数字、线路图等等都主动绝缘,宁愿驾轻就熟和文字材料打交道。这样一个我,自是难理解罗江,更难理解他抱着熬 8 年的初衷,却一枝独秀于无名谷。

年底,第二炮兵下发通报,罗江在列尖子人才库,他是基地有史以来最年轻的第二炮兵技术尖子。隔了山山水水那样远,我分明又感受到了他的气势磅礴。也想着,他若当年留在 A 市,或许熙熙攘攘的名利社会多了一个无关紧要的生意人,无名谷却少了一个守护超级武器的电力能人。

偶有无名谷的干部上调基地机关任职,谈话中但凡知道我从政治大学毕业,定会惊讶,并追问:"认识罗江不?"无一例外,听到肯定的答案后他们脸上的兴奋是那样显而易见。开始并不适应,渐渐地就习以为常,我因为和罗江是大学同学而被别人高看一眼,足见他在无名谷是神一样的存在。

自然地,也流传出罗江各种各样的故事。

众人对变压器故障束手无策,罗江一把扳手就解决问题。

罗江三天三夜不睡,翻译校正出进口设备的全套外文资料。

无名谷断电,罗江打包票说两分钟内恢复,果如其言。

后来见面,一桩一桩追着问罗江,他只是笑。再问,他如实讲,每一件都确有其事,但细枝末节难免添盐加醋。看,我们的罗江被神化了。

被神化了的罗江也极力推崇着无名谷,一反当初的诅咒和逃离。

"你知道我们的超级武器有多厉害吗?"

"你知道无名谷对国家战略有多重要吗?"

"你不知道吧,好多国家领导人都专门到无名谷指导工作。"

"我们是连着中南海,心系党中央。"

罗江眉飞色舞喜形于色,他的身份是他无以替代的骄傲。

第6年,罗江当电力营长。而我,自诩努力,也才是副营职干事。

"不要急切啊,再坚持2年。"

"啊?"

"女朋友不是在南京等你吗?"

"我们分了。"

"我以为你熬够8年会去南京找她。"

"我决定了,一直留在无名谷。"

"真的假的?"

"真的。"他缓缓地说,"我不打算离开了。"

每一个至关重要的选择背后都有坚定的理由作支撑,我相信罗江也不是心血来潮。不出意外,2年后他就能晋升副团。在万众瞩目的无名谷,这是军旅仕途的起步,况且他有主力营长任职经历,且怀揣一技之长,稍做努力,人生就有无限可能。我想到的,或许就是罗江深思熟虑过的。

那个时候,我还以为以我之揣度,定然懂得罗江。

首次从A市的基地出发去无名谷,车子走了3个多小时后,仍在重复地过隧道、转急弯,也不知过了多少条隧道,转过多少个急弯,终于,见到一块"军事禁区"的牌子,刚松一口气,却听同车的保卫处处长提议司机:"还有好几个小时的山路要走,停下来休息一下。"闻之,不禁瞠目。

虽然无名谷隶属A基地,但其人员进入无名谷亦要经过苛刻的政治审查和严格繁杂的申请报批手续。因进入者少,无名谷在A基地就愈加神秘莫测,谈之谨慎,闻之色变,就连"无名谷"三个字都是绝对的军事机密。

参加工作8年,我才得到机会随联合工作组进入无名谷。

司机驾轻就熟,在山雾弥漫的黑夜里把车子开得行云流水。晚上10点多,我们摸着黑到达。无名谷给我的第一印象就是模糊不清的一团混沌。一整夜,我都被巨大的流水声搅扰,次日晨,则被乌鸦的聒噪叫醒。

我的战友罗江

111

他们说,无名谷的夜太静,让河流的躁动都无处藏身。至于乌鸦,是奔着食堂后面的垃圾来的,那是他们的饕餮之地。乌鸦强悍,其他鸟类战斗不过,就渐渐飞远,把这块领地让了出来,独剩"黑美人"称王称霸。

天亮许久,太阳还不露面,被壁立万仞的山遮挡。夜未至,又早早地隐在了一山苍翠的背后。官兵讲,唯独太阳是无名谷迟到早退的孬兵。

走在通往哨所的崎岖山道上,我想起罗江说的他第一次巡逻,是如何被野猪追着一路狂奔,最后匆忙爬到树上才免受攻击。登上白云环绕的天上星哨所,5个兵,1条狗,1个月给养车上来配送1次物资,其余时间狗陪着人,人望着山,能体会罗江一遍遍的孤独。十几公里的漫长防洪堤都是用河道里巨大的石块垒砌,被告知年年洪水来了都要冲垮一段,年年又要重新砌好,人与天斗,天再厉害,人却从来没放弃,山里自然条件极差,官兵却能改造成军事重地,也明白罗江为什么干活会胳膊脱臼。

神奇的无名谷啊。晚了罗江8年,我也走了进来。

临出山的前一天下午,罗江找到招待所。一身迷彩,满脸汗渍,他刚带队检修线路回来,怕我下午就走,所以火急火燎赶来见上一面。听说我还要待一晚,他很高兴,说正好,晚上一定得喝点。说完,他急匆匆走了。

他带我到电力营的储藏室,里面一个酒精炉上的汤锅正咕嘟嘟翻滚。

"我有好酒。"他得意地从柜子里取出来。

"报上酒名来。"

"泸州老窖原浆,没喝过吧?"

"是不是准备送领导的?"

"哪里啊,给马高工带的。"罗江说,"白酒能缓解他的风湿疼痛。"

可是等他休完假把酒带回来,马高工已经悄然离开了营里。

马高工曾是罗江营里的老兵。40年前从上海交通大学毕业后,经层层选拔脱颖而出,到无名谷守护超级武器。那时电力营负责保障所有电力设备,技术要求高,特事特办,就设定了高级工程师的编制。自从进入无名谷,马高工就在电力营没挪窝。罗江说,我们教导员的父亲和马高工是一批兵,教导员满月礼的照片上还有年轻时候帅气潇洒的马高工呢。罗江到电力营后,马高工既是父亲、师傅,又是朋友、知己,无私地帮助他。那么大年纪了,跟年轻人一起进阵地、上任务,劝都劝不住。家有一老如有一宝,马高工就是电力营的宝贝。罗江竭尽所能关心照顾其生活。

可是,延迟退休工作到62岁,马高工还是退休了。

"在无名谷拼了一辈子,到底图个啥?"

罗江沉默。我接着问:"总得有原因,这世上没有无缘无故的付出。"

"钟情于大山,离不开超级武器,或者还有其他更多原因吧。"

看得出，罗江对马高工的退休颇为伤感。我们一直喝到胡言乱语。

我终于知道，神秘莫测的无名谷就是一道河谷，是万千群山里毫不起眼的一抹褶皱。因为超级武器而尊贵，更因为一群人而莫测难懂。

出山了，我们开始谈论下车后繁华 A 市等待着我们的行程。

朋友聚会，预约看房，家庭饭局。

身后，是默默远去的无名谷的山和无名谷的人。

又到来时"军事禁区"的石碑处，停车休息。一行歪歪斜斜的字刻在山石上。走近辨认：我无名、国有名，以无名、铸威名。刹那间，无数帧生动的影像呈现于脑际，是那高耸入云的哨所，是那数年如一日的坚持，也是万千个体生命在繁华迷乱里最终落脚此处的选择。蒙眬里，一股无形的力量揪紧了我，泪水就那样不由自主涌进眼眶，止不住，扑簌簌滚落。

有时候也想，若 8 年前分配到无名谷的是我，面对那高耸入云的大山和无边无际的森林，我能否心无旁骛地坚持？8 年里又能做些什么？8 年后会是怎样？所有的生活都是在白天和黑夜里真实地交替，能证实却不能证伪。有一点是无疑的，我不是罗江，即便去，也必定是另一种版本。

罗江一直是有理想的人，而且是大理想。他也更懂得舍与得之道,为了大理想,一番挣扎之后,他放弃了做电子品牌总代理、开设线上工厂、办培训机构这些小理想,也放弃了前往南京找那个死心塌地等着他的女朋友。不想当将军的士兵不是好士兵,我一直以为我知道罗江要什么。

调往第二炮兵机关工作之前,我得知罗江要调任作训科科长。

"明显是给接任副参谋长热身啊。"

"你想多了,换个岗位而已。"

"是啊,当司令员也同样是换个岗位。"

我希望他优秀。我也相信他会优秀。

罗江更加忙碌,后来很少听到他的消息。到北京后,与无名谷的直线距离和心理距离都更为遥远。我得益于身在机关,也断续去过第二炮兵部队的很多基地,都是沉甸甸的大国基石,相比之下,A基地只是庞大超级武器家族的一分子,无名谷的官兵也悄然隐遁于火箭兵阵营的万水千山。

偶尔和在北京的大学同学聚会提到罗江,我揣测说,应该都当上副参谋长了吧。无名谷里管理严格,终没有机会打电话加以佐证,我们权当他已晋升副团职,就举杯为他庆贺。早调到北京机关的同学因此懊恼,后悔没有像罗江那样安心待在基层,以致现在才是副营职,和罗江差了两级。

也记不得借着罗江晋升副参谋长的理由喝了多少杯酒,也许是他在无名谷里闻到了酒味吧,一个百无聊赖的晚上,我在办公室接到他打来的军线电话。一接起,我就调侃说"副参谋长好"。而他那头竟长时间不说话。

"我给上级打了报告。"他所言莫名其妙。

"什么报告,你不会要求转业吧?"

"我准备回电力营去。"

"不会吧,那——你不打算接副参谋长了?"

"设备近期出过两次事故,营里缺精通电的人。"

"精通电的又不止你一个,非得你回去吗?"

"只有我顶马高工的缺合适。"

"你是说你回电力营干技术,当工程师?"

"嗯。"

罗江不是征求我意见。他决定了,只是告诉我。

我们都把罗江当作政治大学毕业生在军旅逆袭的一个样板。从叛逆到适应,从政工到军事,从心灰意冷到雄心勃勃,接下来应该顺理成章沿着副参谋长、参谋长、旅长的道路高歌猛进。可冷不丁,他却主动折回身子去当工程师了。我爆出这个消息后,一众同学都皱着眉头百思不得其解。

在别人的疑惑里,我惭愧于以前并不懂罗江。而此刻,我隐约懂了。

时光在各自的日子里蹉跎,一日叠加一日,转眼又是半年。

说来蹊跷,那日忙完孩子入学的事,就胡乱联想到罗江当时气势磅礴说到的经营培训机构,正入神想着,却接到电话,通知我陪同一位刚到第二炮兵工作的首长去部队调研,细问,其中一站竟是 A 基地的无名谷。

在超级武器运行的巨大库房里,我开始并没有注意到罗江,感触到亲切的笑,仔细看,才认定是他。一身洁白的工装从头到脚都武装起来,曾经明亮的眸子装配上了眼镜,衬出沉在大山里钻研技术的罗江的斯文。

"我要结婚了。"罗江顺带通知我,"到时一定来喝喜酒。"

"啊?结婚?"他说得突然,我一头雾水,追着问,"和谁?"

"还能和谁?"他说,"当然是和女朋友。"

"不是散了吗?"

"散了就不能再和好吗?"罗江望着远处的山峦起伏,就像望见曾经一直寻求改变的自己,"每个人一生都有两个角色,一个是理想中的角色,一个是现实中的角色,有时我们误以为理想中的角色就是现实中应当属于我们的角色,反反复复再怎么折腾,终究还是要回到现实中来的。"他说,"我曾经以为我适合做生意,所以甘愿以最决绝的方式离开无名谷,我以为我适合走仕途,就把半路出家得来的技术丢掉了,走了一大圈,发现自己走错了,就像每个超级武器都有成千上万个零件,哪个零件卡在哪个槽口里,都是分工明确一清二楚的,装错一个,超级武器就得出故障。"

"你决定了?"我问他,"一直在山里干技术?"

"这是我能想到的最合适的选择。"

我又想起了毕业那年夏天火车上的往事:罗江挽着袖子,大汗淋漓,气势磅礴地对我说,男人一定要想方设法挣钱,钱是男人的面子和通行证,有钱,才显现一个男人在社会上的价值。

"那——"我犹豫了一下,还是问了,"这样有价值吗?"

罗江沉默了片刻,回答我说:"不知道。"又说,"或许无名谷之于国家的价值,就是我之于无名谷的价值吧。"刚说完,他又摇头苦笑,"其实,无名谷都是无名的,更何况我,或许就像那山上的树,就像那河里的卵石,就像那天空的鸟雀,虽然都是大山大河和广袤天空的一部分,但永远不会有人特意去关注那一树一石一鸟。"

"即便这样。"我说,"那树、那石、那鸟依然在。"

"你说得对,没树的山,没石的河,没鸟的天空总归还是单调。"

"结婚的日子定下没?"

"下个月9号。"

"祝福你。"

"记得来喝喜酒。"

"一定。"

军士长的选择

一

　　罗教成刚看几页书,就生出迷蒙的睡意,顺势关了台灯躺下。

　　半个小时过去了,罗教成仍扭来扭去睡不着。他在心里把这一切的原因归结于身体没有安置妥当,于是抬起身子,把枕头往左边扯了扯,侧了脑袋继续睡。不管用,他仍是不舒适,就再往右边扯了扯,却还是没有带来哪怕一丁点的触觉改观。罗教成不甘心,又开始折腾顺条摆在床上的身子:往里面翻转,贴住了打着轻鼾睡得正香的刘静歌,被"肉挨肉九十度"蒸出汗来,无法忍受;又往外腾挪,尺度稍稍大了点,半边悬了空的身子竟差点掉下床,赶紧再往里挪挪。焦躁不安的夜晚如同魔鬼施下的魔咒,罩住了他,折磨着他。不知哪家停在楼下的汽车被侵犯了,尖锐的报警声此起彼伏,有被惊扰的居民操着脏话骂街,罗教成也想出去骂上一阵。

罗教成实在睡不着,索性起身坐了起来。他点了支烟,还没吸几口,刘静歌就被呛醒了,她在黑暗中用手使劲扇着:"这都几点了,还不睡?"

罗教成不搭话,把头搭在床靠上,闭了眼,一缕一缕往外吁烟。

"又想那事?"

罗教成长长地叹了口气。

"睡吧,别想了。"

"唉——干了十六年,能不想吗?唉——"罗教成接连叹气。

"找他再说说。"

"唉,怕是没用。"

"你们以前有交情,再说,他也不是不讲道理的人。"

"以前不比现在,人家是官,咱是兵,人家跟咱有啥道理可讲?"

"那就认命了?"

"还能怎样?"

"唉——"

"吁——"

刘静歌也没了睡意,和罗教成并排靠着,扭头想对罗教成说什么,没说,又把头扭了回来,却是不甘心,还是说了:"实在不行,咱就回老家。"她的声音随着情绪的激动陡然高了起来,"你的技术这么好,还怕找不到好工作?"话出口,脑子里又闪出另一桩事,情绪受到感染,声音随即回落,"嗯,就是得折腾一回罗洛,如果转学回老家去,也不知道他能不能适应。"这个疙瘩刚拧上,又想起来一桩,声音更加地低了,"唉,还有这房子,好不容易熬到不用住出租屋了,还费了好几个月装修,这下倒好,又得回老家重新找房。"比房子更令刘静歌可惜的,是费了颇多周折才得到的工作,她嘤嘤嗡嗡地说,"要真是回到老家去,我又得失业了。"说到最后,刘静歌不得不被冰冷现实胁迫着改了口,"要能留下,该有多好。"

罗教成何尝没想过这些,可一桩桩被刘静歌抛出来,就像把角落里布满尘埃的蜘蛛网一圈一圈从他的头顶缠到了脖子上,他从肉体到心灵都是抗拒的,却不得不接受。那就是他的生活,那就是他必须面对的无可奈何。罗教成把未抽完的半支烟戳进烟灰缸里,不耐烦地说:"行了,睡吧,睡吧。"他用被子蒙头的瞬间,伸出手去,粗暴地关掉了台灯。

"唉。"刘静歌把一声长长的哀叹融进了黑夜里。

"睡吧。"罗教成又催促。

"唉。"刘静歌又叹息。

躺是躺下了,两人却都被事揪着,而且是关乎家庭未来走向的大事,所以根本无法安然睡去。一个在这边翻来覆去,一个在那边辗转反侧。

罗教成从前往后把那件事情捋了捋,越捋越感觉到绝无希望了。

二

演习预定在总部首长到达的那天下午开始。

罗教成正通过指控室的大屏幕巡查各个演习点位的准备情况,却传来一阵"腾腾腾"的脚步声,扭过头去,看见"呼哧呼哧"喘着粗气的副参谋长姜毅然进来。他早已习惯了姜毅然的"无事三分急",并不觉出异样。姜毅然把一个座位牌塞到罗教成手里:"老罗,快快快,十万火急。"

罗教成接过牌子,等着有十万火急事情的姜毅然把话说完。

姜毅然终于把一口卡在喉咙的气喘了上来,顺带着,咽了一口干扰他急于表达的唾沫,急切地说:"老罗,快快快,去训练场的观礼台,撤下黄志民的牌子,换上这个黄志明。"喘口气又说,"快快快,十万火急。"

罗教成翻过牌子看了看上面的"黄志明"三个字,为难地说:"参谋长刚才还说让我在机房寸步不离,各个点位要有啥情况得及时向他报告。"

"每个点位都有人负责,能出啥情况? 现在主席台上的情况才是最要紧的情况,你想想,演习搞得再好,领导名字整错了,捡了芝麻,丢了西瓜,我们就算忙得头脚冒烟,又有什么用?"又说,"你看,现在司令部的人都撒到各个点上了,团长打来电话说基地那边把名字弄错,要赶紧换牌子,又说让我把会议室的迎检软件再捋一遍,出了问题我负责,我也想分身把啥都干好,可是分不了啊。"并再次催罗教成,"快快快,千万别给耽搁了。"

罗教成的编制是二营的四级军士长,人是团司令部指控室的技师,姜毅然是主管他业务的上级,就算罗教成心里惦记着参谋长的吩咐,就算罗教成明白"守土有责、守土负责"的道理,可姜毅然已经把话说到这个份上,没了回旋余地,他不得不按照姜毅然"快快快"的要求跑一趟训练场。

首长还在从基地来团里的路上,各参演要素也都在事先划定的准备区域各就各位。训练场没什么人,罗教成狂奔过去换完牌子正准备再狂奔回指控室,毕竟,还操心着自己那摊子事呢,却被带着几个参谋巡查场地的基地信息化处处长于鹏辉叫住:"罗教成,这块儿你们通信团谁负责?"

"副营长。"罗教成觉得不妥,又改口,"哦,处长,嗯——"

"到底谁负责?嗯?"于鹏辉鼻音提得高高的,追着问。

罗教成转着身子四周望了一圈,既没见到团长,也没见到参谋长,演习分好几个点位,见不到人,他也弄不清这里谁负责。不知道,就没法答。

"可能——是团长吧。"罗教成含含糊糊地说。

"是就是,不是就不是,咋还可能上了?"于鹏辉板着脸。

罗教成也委屈,团里为了这次演习虽说大会小会开了很多回,但都是团里的领导和各要素的干部参加,他这个佩戴四级军士长军衔的技师虽说有时也进到会议室去,但都干些挂挂横幅倒倒水之类的保障工作,哪里知道哪个点位谁负责？现在被问到了,不说不合适,说了又被挑了毛病。

"你看这电缆,怎么能裸露出来？看着碍眼不说,还容易绊倒人,是很大的安全隐患。"于鹏辉命令说,"不管你们团谁负责,我把这个问题给你点出来了,你就负责抓落实。"问题点完,于鹏辉带人继续去别处检查。

走出一段了,于鹏辉又扭过头来老远喊着问:"能落实不？"

"嗯,能。"

"能落实就好,四级军士长了,跟干部一样,工作上要主动些。"

"嗯。"

"别出岔子,有啥问题我就找你。"

"是。"

于鹏辉刚离开,罗教成就急着找胶带想把裸露的黑色电缆包起来,可是转了一圈,除了座位牌和矿泉水,临时搭建的观礼台上什么都找不到。这边没法应付,那边又想起指控室的事,就想打电话给团长或者参谋长把情况汇报一下,他也好抽身,可往兜里一摸,才想起刚才走得急切,手机落在指控室的桌子上没带。越急越乱,又见不到团里的人,罗教成脑门子渗出密密一层汗。干转悠也解决不了问题,他转身朝团机关狂奔而去。

"换过了?"

"嗯。"

姜毅然急忙从罗教成手里拿过"黄志民"的座位牌,仔细核对无误后,舒了口气:"得亏发现早,要不然我年底就得打背包走人了。"他转身要走,罗教成却把他叫住,说了于鹏辉发现问题并要求整改的事。姜毅然"哦"了一声,又说:"那边不是参谋长负责吗?"罗教成说:"可没见到他人。"

"好了,你别管了,我一会儿给参谋长打电话说一声。"

"嗯。"罗教成想叮嘱姜毅然别忘了,话到嘴边,没说出来,但心里总归是不踏实的,就又说,"于处长说回头他还要再去检查。"

"知道啦。"

一去一回耽误了十几分钟,罗教成怕出什么岔子,盯在大屏幕前,一个点位一个点位切换着看了一遍,还好,都按程序正常进行,没有什么意外情况。他想起裸露的电缆,镜头推过去,还在露着,从远处看,确实有碍观瞻,想着姜毅然告诉参谋长后,问题应该很快就会解决,就把镜头切换到观礼台的居中位置,多次调适,恰好把镜头对准"黄志明"的座位牌。

中午起床号响过不到十分钟,演习正式开始。

罗教成没法去演习现场,他也不能再用鼠标随意地切换画面,而遵照指示定格在以"黄志明"为中心的区域内。叫"黄志明"的首长看起来五十多岁,中等个,清瘦干练,他从一开始就不断地点头。虽然看不到演习的现场,但从首长的点头里,罗教成能想见生龙活虎整齐壮观的演习场面。

　　正好是预算的二十分钟后,演习结束。首长下了观礼台和官兵握手。

　　罗教成紧紧地盯着屏幕,好像他此时也是参演官兵的一员。虽然作为技术兵他很少走上前台,更多是在幕后搞保障,但每一次任务圆满完成或者演习顺利收官,他都和战友们一样感到荣耀和自豪。首长和每一个人握手的时候,官兵都会高喊"首长好",真是有气势,让罗教成也热血贲张。

　　"天哪!"罗教成下意识地惊叫起来。

　　罗教成傻眼了,镜头跟随首长握完最边上一名战士的手后,在战士的侧后方,他看到了裸露出来的黑色电缆,那样刺眼,和正在直播的热烈场面格格不入。他转身跑去会议室找姜毅然,没见人,他又返回指控室。

　　"天哪!"罗教成不断地重复着;急切、纠结,不知如何是好。

　　罗教成漫无目的地在指控室转圈圈,却绞尽脑汁也想不出补救的办法。

军士长的选择

127

罗教成不确定姜毅然是不是忘记了给参谋长打电话。

罗教成不确定会不会是参谋长接到了电话却忘记了把电缆包起来。

都乱了。这会儿罗教成的脑子更是乱得如同一团撕扯不清的麻。

三

演习很顺利,首长对基地领导的带兵水平给予了高度肯定,基地开会,又把同样的肯定给了团领导,团里紧接着通报表彰了一批台前幕后的有功之臣,皆大欢喜,圆满收场。自始至终,并没有人提及电缆裸露的事。

罗教成思来想去,也决定对电缆的事只字不提,不去问姜毅然有没有打电话,也不去问参谋长知不知道有这事,就权当那天中午打了个瞌睡做了个梦,人醒了,梦也就散了。心里疙瘩这样一解,他也不再为难自己。

距年底没多长时间,罗教成坐不住了,他琢磨着,也该为套改三级军士长准备准备了。革命工作干了十六年,回回到了套改的时候他都心神不宁。其实换了谁都一样,每次套改,都有能晋升和晋升不了两种情况。能晋升最好,在熟悉的城市熟悉的岗位熟悉的人群中继续干驾轻就熟的工作;晋升不了,则要复员,离开部队,离开第二故乡,离开朝夕相处的战友,去陌生的环境中重新打拼。出了校门就进营门,要让罗教成回去,他真不知自己能干个啥。他自打到部队后就从没想过回去的事。没想过不是缺乏远见,而是不愿意想,不愿意想是从离开那天起就压根没打算再回到秦岭脚下那个山旮旯里的老家去,他不愿意见到那些奇形怪状的青色石头,石头如刀,扎得他心疼。更令他心疼的是已经阴阳相隔的父亲,还有沉淀在心底的那些没法说出来的往事。罗教成在部队的努力配得上他那份毅然决然的狠劲,虽然与一次考军校和两次提干失之交臂,但他不灰心不气馁,不放弃不抛弃。十几年前起,他就是指控室说一不二的技术权威,虽说当时年龄小军衔低,干工作却没的说,遇有重要任务和演习,领导都点名说:"记得让罗教成也参加。"一个兵能干到这份上,在团里也算是顶到天了。

一个兵能优秀到随时随地被领导挂在嘴上,按说套改高一级士官也不是多难的事。十六年里,罗教成虽然回回在套改的时候都捏着一把汗,但凭着一身真本事和领导无以复加的认可和厚爱,次次都是毫无悬念地顺利晋升一级。从义务兵、下士、中士、上士到四级军士长,当年的白面书生一晃也过了而立之年,奔四去了。这一回,是他到军营后,第五次站在命运的十字路口。这一回,较以前的任何一回意义都更加重大。这一回,老婆刘静歌和儿子罗洛对套改的期待更甚于他。对这一点,他清楚得很。

"老罗,这一年一度的士官选取就要开始了。"

"嗯。"

"我呢,今天代表组织正式地征求一下你的意见。"

"哦。"

"是愿意留呢?"教导员比罗教成小五六岁,戴着黑框眼镜,刚毕业到营里实习的时候,他分在罗教成班里,有什么不懂的问题,请教必是一口一个"罗班长",脆生生的,小心而谨慎,知礼而庄重。定衔后先当排长,不到一年晋升为副连长,在副连长位子上考了个政治学院的研究生,毕业后据说想留校不成,又回连里。紧随着罗教成一次次晋升为上一级士官,他也一步一个脚印成长为正营职教导员。随了营长和营里的老士官,私下里他也把罗教成喊作"老罗"。他故意端着,显现出代表组织的那份代表性来,像每次在会场上的语气:"或者你还有其他的打算,比如复员或者转业?要留呢,我们就做留的工作;要不留呢,我们就做不留的打算。"

"嗯,听组织安排。"

"这回组织可没法越俎代庖,得先听你的意见。"

"留吧。"罗教成低声说,"这么多年了,也舍不得走。"他搓着手,像做了错事的孩子,总算把心中强烈的诉求抛了出去,才坦然放松了。

"看吧,我就知道你肯定留的。"教导员把表情从会场里拉了出来,也不再代表组织了,眉飞色舞地说,"三级军士长可不一般嘛,妥妥地能干到退休,在干部序列里,就相当于师职干部了,可不容易。就算咱们的团长、政委,还有基地机关的那些处长,你看看,能有几个干到师职的?百分之八十以上都在团职岗位上转业了,想在部队干到退休,至少在基地来说,不是万里选一也是凤毛麟角。"他一番分析和品味,又瞪大眼说,"当然,你干到今天也是不容易。"又说,"记得呀,到时候一定要请客。"

"成不成还不一定呢。"

"妥妥的,一营的老陈班长今年退休,腾出来一个高级士官的指标,这个你是知道的。"

"可这次四级干满的也不止我一个。"

"刘德贵是外单位调来了,才几年?谁认他?怕没几个人投他的票。"

"还有三营的金立强呢。"

"金立强的事你不知道?"

"啥事?"

"去年,金立强在外面瞎搞,老婆都闹到政委那儿去了,常委会上都定了,按照全程退役让他当时就走,可后来一个基地的领导打招呼,说再有一年他就四级军士长干满,让通融着照顾一下。政委顶着不从,最后还是团长给政委做工作,才把金立强留到今年。你说,他还能晋升到三级?"

"哦。"

"你就把心放到肚子里吧。"教导员说,"你倒是该盘算盘算,到时候该请我们到哪里庆祝。这么大的事,可别想在小饭馆糊弄一下就过去了。"

"那不能,那不能。"

罗教成神清气爽,陡然间对未来多出一份快乐的畅想。

四

从传来消息到走马上任,前后不到一个星期,全团官兵都始料不及。

罗教成更是想不通,新来的基地政委为什么要这样对调干部。

原来的信息化处处长于鹏辉成了现在的通信团团长于鹏辉。对于别人,可能没有什么特别的感触,但对于罗教成来讲,他隐隐多出一分忧虑。

唉,不得不再次提到让罗教成纠结百千的电缆。

罗教成又在心里怪怨起姜毅然来,要不是他让自己去换座位牌,自己就不会去训练场,要不去训练场,就不会碰到于鹏辉,要不碰到于鹏辉,就不会有电缆的事,要没电缆的事,就不会平白无故受这牵连和纠结。

可是,这个时候说这个又有什么用呢?

罗教成又后悔起来,应该事后第一时间给于鹏辉解释为什么散乱的电缆应该包起来而没有包起来。一五一十,有啥说啥,不推诿,不扯皮,原原本本地让他知道,自己在训练场找不到胶带,就回到指控室把情况汇报给了副参谋长姜毅然,姜毅然承诺不让他管了,并且说打电话告诉参谋长来处理。这样的话,他已经没了去处理的义务,当然,更没有这个权力。

可是,于鹏辉会相信他的这个解释吗?

他又思忖起来,是不是应该就这个事再去找姜毅然问一下?他当时到底有没有打电话给参谋长说电缆的事?如果说了,他就去问参谋长,当时到底是忘了还是其他什么原因干扰,而没有于鹏辉的命令导致散乱的电缆还是散乱的电缆。最起码看起来,那堆电缆没有任何被重视和被干预过的痕迹。摸清了来龙去脉,就算新任的团长于鹏辉冷不丁什么时候问起来,他也可以从头到尾不卑不亢地讲给他。罗教成想,讲给于鹏辉的目的不是推脱责任,也不是为了抹黑参谋长或者副参谋长,而是证明自己当时对于鹏辉的话非常重视。虽然这个重视有点弄虚作假的嫌疑,最后也的确没落实到具体行动中,更没有达到于鹏辉想要的结果,但那是另一码事。罗教成当下只想证明一个事,就是他对于鹏辉一直以来的尊重。于鹏辉多年前从外单位调到二营当副营长,别人都背地里笑话他外行管内行不懂业务,罗教成却很尊重他,给了他一个副营长能够得到的所有尊重和礼遇。当然了,于鹏辉也给罗教成同样的尊重和礼遇,给罗教成讲怎样做令人信服的班长,如何规划在军营的成长路径。罗教成心里有数,这些对他之所以能成为现在的他影响深远意义重大。相处不久,于鹏辉调到基地机关当参谋,后来又回团里当副团长,及至当信息化处处长到现在又折回来当团长。于鹏辉以前重感情,他从基地下到团里检查工作,每次见到罗教成总是问"又带了几个徒弟",或者调侃他"不要每回比武都参加,也给徒弟留点机会"。团里人都知道他俩关系不一般,罗教成也觉得于鹏辉是个有情有义的人。可那天在训练场相见,于鹏辉说话却硬生生地,分明像是在训斥一个新兵。罗教成心里不美气,可这不美气顶多也就是转瞬即逝的一口气,不会上纲上线,不会蜕变为对于鹏辉的命令视而不见。

可是,怎么去问姜毅然?怎么去问参谋长?不管姜毅然的电话打还是没打,散乱电缆没人管的事实都放在那里。脚指头都能想明白,这件事情的责任要么在姜毅然那里,要么在参谋长那里。事情过去了也就过去了,没人追责也就没人担责,再说那次的演习也是皆大欢喜,不会有人要回过头去为那些莫名其妙的散乱电缆承担什么责任。他要再提起,明显是兴师问罪,要么问出姜毅然的罪,要么问出参谋长的罪。就算事情整明白了,到头来,可能是非但没给于鹏辉解释明白,还把自己的直接上司给得罪了。

唉,真是焦虑得脑门子疼。

几天时间里,罗教成吃不好,睡不好,一心想着和于鹏辉把这个关于电缆的疙瘩怎么解开。解疙瘩不是为了讨好于鹏辉,也不是为了证明自己而污损姜毅然或者参谋长,而是不敢在年底晋升的节骨眼上造成意外。

于鹏辉现在是通信团的团长,而罗教成是通信团一个斗志昂扬摩拳擦掌预备晋升三级军士长的四级军士长。如果说一个团长能决定谁由四级军士长晋升为三级军士长,那绝对是吹牛,毕竟还得经过官兵选举、营党委上报、团常委研究等诸多环节,不是一个人能够拍桌子决定的,但一个团长完全能够踢碎一个四级军士长晋升三级军士长的美梦。你再能,若是团长用了他的一票否决权,那么服役期满的四级军士长换谁都得走人。

罗教成饭吃不下,觉睡不着,整天耷拉着脑袋,不知如何是好。

突然一阵风就把他吹醒了。

万一呢?想到这三个字,罗教成实在是欢快愉悦。万一于鹏辉并不知道后来散乱的电缆没有包起来呢?这太有可能了。首先,于鹏辉当时是代表基地机关检查督促场地准备情况,并且要求罗教成"抓好落实"之后,就带着他的参谋们走了,去了其他场地检查。很有可能他们没有那么多时间一遍遍检查完,再一遍遍回头看问题解决了没有。他只要不回来看,电缆没有包起来的问题就不存在。及至后来演习正式开始,于鹏辉的级别也够不上坐在观礼台的观摩席上,他也不是参演人员,那么,他就没有机会到达演习现场。演习结束首长一走,官兵们就即刻撤场清理,也不会留给于鹏辉任何看到散乱电缆的机会。于鹏辉和电缆的交集就仅限于最早那一次。

哦,于鹏辉不会知道那些散乱的电缆并没有包起来。

哦,于鹏辉不会知道他交给罗教成的任务并没有完成。

哦,一切都是虚惊一场。

罗教成幡然醒悟,他耷拉着的脑袋又昂扬着抬了起来。

五

下午的上班号响过不久,罗教成带人正维护机房设备,隐约听到外面由远及近的脚步声,扭头看时,参谋长陪着团长于鹏辉已经走了进来。

"立正。"罗教成提了一股气,这股气顺着喉咙一气呵成地奔涌出来,铿锵而有力,身边的几个战士正各忙各的,受他这么一惊,都触电般直挺挺地弹立起来,于鹏辉也被惊着,不由自主地把背在身后的手放了下来,立直站端,"报告团长,指控室官兵正在进行设备维护保养,请您指示。"

"好,继续吧。"于鹏辉挥挥手。

罗教成转身传达"继续维护设备"后,战士们散开忙碌,他就开始急切地望着于鹏辉,盼望着、等待着,也严谨地打着腹稿,准备在于鹏辉问起时,声音洪亮数字准确地汇报指控室现在有多少人,其中多少干部,多少战士,多少本科,多少硕士,多少博士,多少装备……可是,于鹏辉并没有像罗教成预想的那样走过来询问,甚至没有正儿八经地看他一眼,而是绕了过去,握住了侧后方两米之外一个上等兵的手。于鹏辉问那个兵是哪里人,几时入伍,什么专业,家里几口人,等等。

罗教成的精心准备落了空,有点小小的失落,听不进去于鹏辉和上等兵的对话。但很快,他就逼迫自己从失落里打起精神,热情起来。他转身从铁皮柜里找出两个纸杯,捏上茶叶,倒了水,然后一手一个纸杯端了过去。于鹏辉和参谋长却压根没有接的意思。杯壁越来越烫,快端不住了,参谋长才努努嘴说:"放那儿吧。"于鹏辉在指控室待了十几分钟,没有和罗教成说一句话,也没有喝一口水,又伴随由近及远的脚步声走掉了。

于鹏辉离开了,大家继续各忙各的事,罗教成却没心思干活。他在琢磨于鹏辉为什么不和他说话,为什么不喝他倒的水,甚至都没正眼看他一眼。这就如同在脖子上勒了一根绳子,罗教成没法视而不见,憋着气呢,难受,他必须找办法解开。要在以前,罗教成并不会刻意关注这些无聊透顶的细节,也不会在乎这些事不关己的细节。他一个技师干好自己的本分工作、坚守好自己的岗位就行了,不需要哪个领导来和他握握手说说话,也不会计较自己倒的水领导会不会喝——爱咋咋的,爱谁谁。可这回不一样,于鹏辉和不和他说话,喝不喝他倒的水,不是于鹏辉的需求问题,而是作为团长的于鹏辉对他的态度问题。他觉出于鹏辉故意疏远他。

罗教成郁闷起来,并且坚定地认为,之前自欺欺人想到的那个"万一"并不存在。虽然他认为于鹏辉没有时间再返回来检查电缆有没有包起来,虽然他坚信以于鹏辉的级别他不够坐在那天演习的观摩席上,但明摆着,他能从于鹏辉对他的态度上看出来,于鹏辉对于电缆没包起来是知情的。于鹏辉知情的直接后果就是他认为罗教成不尊重他,所以他理所当然要疏远罗教成。

罗教成不怕被疏远,却害怕因疏远而影响了晋升三级军士长。

教导员看到罗教成蹙着眉的苦瓜脸,开玩笑挖苦他:"咦,至于吗?不就是让你晋升高级士官后请个客吗?还吊这么大个脸子。"

"嗨——"罗教成心里作难,却打不定主意要不要说出来。

"娃都上小学了,还整天爱不爱的。"

"你帮我拿个主意。"

"咋了?"

罗教成从训练场说到指控室,问教导员:"这阴差阳错的,算是让我把团长给彻底得罪了,你说,这转士官的事会不会就一点儿戏都没了?"

"不至于,团长不是那么小心眼子的人。"

"可他确实没跟我说话,也没喝我倒的水。"

"嗯,你们以前不是相处得挺好吗?"

"要不说呢,这事我也想不通。"

"好说。"

"咋样好说?"

"周末约他吃个饭,他一家,你一家,不解释,吃完饭啥事就都没了。"

"这能行?"

"能不能行吃完饭再说。"

"哦。"

罗教成犹疑着,蹙着的眉头逐渐展开一些。

六

罗教成周五轮休,刘静歌说全家人齐了不容易,做了满满一桌子菜。

"那个事行不行?"饭吃到一半,刘静歌问。

"啥事?"

"还能啥事? 转三级呗。"

"不知道。"罗教成嘟囔说,"这不还早着呢?"

"嗯。"刘静歌说,"我们和北京一家医院签了人才培养协议,明年有两个护士轮训的指标,去半年,吃喝拉撒加上培训费单位全报销,学完发证书。如果你的事能行,我就报名;如果不行,我就不报了,报了也白报。"

"哦。"

"你说,我报还是不报?"

"报。"罗教成垂头几秒,抬起,坚定地说。

"转三级能行?"

"嗯,差不多吧。"

"太好了。"刘静歌刚才脸上的焦虑瞬间就被喜悦替代。她欢快地夹起一只鸡腿放进了罗教成的碗里,又夹了一只架在罗洛的白米饭上,对罗洛说:"你也多吃点,咱不用退学回老家上了,你就一门心思好好学习。"

吃完饭,刘静歌在厨房洗刷碗筷,罗洛拉着罗教成要一起下五子棋。罗教成没心思,就把刘静歌平时严格控制的平板电脑给罗洛,让他自己找游戏玩。躺在床上,罗教成一遍遍思索着到底该打电话还是发短信。

没错,主题就是邀请于鹏辉一家吃饭。

打电话吧,罗教成怕于鹏辉忙事情或者跟前有人不方便说话,也怕自己一紧张就言语不清说不明白,更怕被于鹏辉当下就拒绝掉。发短信吧,怕于鹏辉看不到,也怕看到了不回复,更怕于鹏辉觉得他请吃饭的心不真诚,这样一来,不但心意没表达到,反而弄巧成拙,造出新的误会来。

白烟一丝丝从烟头的明灭中抽离出来,缓缓上升,到顶了,转个弯,又徐徐地下沉,与刚抽离出来的碰撞,缠到一起,继而无规则地泛滥开来。罗教成本能地一根接一根点燃,他的思绪如同白烟一样没法聚拢到一处。

终于,罗教成定下来,就打电话。

罗教成找出于鹏辉的号码,点开,右手拇指落到拨出键的上方,却没有勇气落下去。他纠结着,电话通了后称呼于鹏辉团长呢,还是叫最早时的称呼副营长？在于鹏辉当团长之前,罗教成一直称呼他副营长,既亲切又能向其他人证明他们之间的关系不一般。可现在跟以前不一样的地方太多了,罗教成犹豫再三,嗯,他定下,还是中规中矩地叫团长吧。

手指这回几乎已经按在拨号键上了,却又戛然而止。

罗教成又犯了难,话该怎么说呢？说吃饭,要是于鹏辉问为什么吃饭,那该怎么讲？既然请吃饭,就要定下时间地点,万一自己定的时间正好和于鹏辉的安排冲突了怎么办？订的饭店不合他的口味怎么办？这任何一点都可能成为于鹏辉断然拒绝他的充足理由。唉,到底该怎么说呢？罗教成愁苦地想着,不行就光说吃饭的事,让于鹏辉定时间定地点,这样都随了他走,理论上讲,他就不会有理由拒绝对于罗教成来说意义重大的饭局。

嗯,罗教成决定拨电话了。

罗教成屏住呼吸,心里给自己鼓着劲,手指头被犹豫不决撕扯了几个回合，终于坚定地落了下去。听到那边"嘟嘟嘟"的响声时，罗教成大气不敢出，聚精会神，准备好的话预备在嘴边，汗水密密地在额头上渗出。

对方无人接听。

没带手机？不方便接？看见了，却不接？

已经到了这一步，没法退缩，罗教成决定接着发短信。

罗教成开始组织信息内容。打出一行字，他觉得不妥，删掉重写，打出两行字，认为意思表达不到位，再删掉，再重写。这样一进一退折腾了差不多十几分钟，信息内容终于组织到他认为妥当了："团长好，欣喜您回团里任职，一直想着找机会请您吃个饭以表庆祝，但前几周都值班，这周轮休，希望邀请您全家共餐，时间地点您定，我来安排。妥否？教成静候指示。"罗教成出声念了一遍，斟酌再三，下定决心把"一直想着找机会请您吃个饭以表庆祝，但前几周都值班"删去，加了个"我"，再念一遍："团长好，欣喜您回团里任职，我这周轮休，希望邀请您全家共餐，时间地点您定，我来安排。妥否？教成静候指示。"迟疑了下，还是决定再删去"妥否"二字以及"？"。第三遍念完，他仍旧忐忑不放心，又念一遍，语调平顺，终于满意。临发送前，却又心中犹疑，他就紧盯手机屏幕再校对了一遍信息中的标点符号，改了一处，确定万无一失，这才点了发送键。

嗯，终于了了一件大事。罗教成重重地从胸腔往外吁一口气。气往外走了大半,还没吁完,电话就响了起来,罗教成打了一个激灵,看显示是"于副营长",半口气尚憋着,就赶紧拿起电话,清了清嗓子,按下接听键。罗洛玩游戏的声音太大,罗教成怕受干扰,接听电话的同时关了房门,把他和罗洛隔开了,房间里只充斥着他的焦灼和于鹏辉将要给的答复。

于鹏辉的声音柔柔的,罗教成又记起他当副营长时的和蔼可亲。

一切和蔼可亲的表象背后或许都埋藏着与其相反的结果。比如这一次,罗教成大动干戈的计划落空了,预想过这样的结局,却仍旧是猝不及防的失落。于鹏辉周六到中心医院看望一个老领导,周日带孩子上补习班。晚上呢?于鹏辉只说晚上也有事,倒没细讲什么事。挂电话前,于鹏辉说:"再约吧,到时候我来安排。"罗教成脑子里乱糟糟的,只回应:"哦,哦。"

深思熟虑的邀请就此画上句号。罗教成有气无力地躺倒在了床上。

七

罗教成连着三个周末都接到刘鹏邀约喝酒的电话,若再拒绝,自己都不好意思了,就决定去。刘鹏是罗教成的同年兵,上士晋升四级军士长不成,就复员。在好几个行当里都折腾过,从去年开始,在花卉市场租个大棚卖绿植,比在部队的时候胖,啤酒肚尤其明显,大家都喊他刘总。

罗教成不爱和刘鹏喝酒,刘鹏牢骚话多,还总喝醉。

刘鹏在电话里说:"介绍你认识个新朋友。"

罗教成觉得和刘鹏一起的"张伟军"有点面熟,一说,才想起是前段时间到团里参加采购设备招标的"张总"。罗教成参与提出指标要求方案,其他的事不参与。听说于鹏辉嫌各商家要价太高,工程暂时搁置了下来。

几盘热菜凉菜,一箱啤酒。罗教成和刘鹏每次都这么喝。

和往常一样,两个人的话题总是从十六年前新兵入营开始,到刘鹏上士复员结束。刘鹏总是说:"要不是营长和黄海军是老乡,第二年我就能当上班长了。"又说,"考军校我够条件的,结果少给我们团分了指标。"还说,"四级军士长我是不乐意干,你知道的,我要想干,肯定能转上。"

刘鹏以前说,罗教成总应和。这一回,罗教成闷着,只喝酒。

罗教成本不想跟刘鹏说自己的烦心事,况且还有个不熟识的人在场,却没忍住,刘鹏追着一问,他就从头到尾都说了。罗教成让刘鹏知道,不是发泄苦闷,而是侥幸想着,说不定见多识广的刘鹏能给他出个可以改变局面的主意,即使他清楚刘鹏以前出的都是馊主意,却仍抱有希望。

"我给你说,这个事可是个大事。"刘鹏很兴奋。

"嗯。"罗教成当然知道这是个大事。

"不跟你说话?"

"嗯。"

"倒水不喝?"

"嗯。"

"请吃饭不去?"

"嗯。"

"操,你晋升三级军士长悬了。"刘鹏一拍桌子,给出了定论。

罗教成想听的不是这个,可既然刘鹏都这么斩钉截铁地给了定论,他就更加悲观绝望。旁观者清,看来他继续留在部队是一点希望都没了。

"我倒有个办法。"半天不吭声的张伟军开了口,他的小眼睛聚光灯一样盯着罗教成,从上到下,从左到右,扫来扫去。

"嗯?"罗教成急切地把头凑过去,极想抓到这棵扭转乾坤的稻草。

"咱要弄清你这次晋升三级军士长的主要矛盾。"

"主要矛盾?"

"你说,最大的阻力是谁?"

"团长。"

"也就是说于鹏辉在,你就转不成,对吧?"

"嗯。"

"那么他要是不当团长呢?"

"啊?"

"不就没有阻力了吗?三级军士长不就转成了吗?"

"可是……"

"可是什么?"

"我也不能让于鹏辉不当团长啊。"

"你肯定没这本事。"

"那说了有啥用?"

"基地党委能啊。"

"基地党委凭啥不让他当团长?"

"他犯纪律了呀。"

"他能犯啥纪律?"

"经济问题,作风问题……你尽可把他想成一个做事大刀阔斧的人。"

"绝了,绝了,太牛×了。"刘鹏激动起来,他举起酒杯对罗教成说,"老罗,你这个事有戏,我给你说,将来事弄成了你可得好好感谢张总。"

"可是……"

"可是啥?剩下的事我帮你办,肯定没问题。"

"哦。"

夜市里闹哄哄的,也许酒精上了头,罗教成看到天地都在旋转。

八

罗教成是在食堂吃饭时,远远看到基地纪检处陈干事。陈干事原是营里的排长,后来到团政治处管文化,再后来,就去了基地的纪检处。

陈干事这回没到营里找他叙旧,听说他在机关忙着查案子。

一周后,教导员到指控室找罗教成。

"来来来,写几行字。"教导员递给罗教成一本本子。

"写什么?"

"随便。"想了想,教导员又补充说,"嗯,也不能乱写,不行你就抄一段党章吧。"他从桌子上取过党章,翻开一页铺在罗教成面前。

"写这干啥?"

"对笔迹。"

"啊?"

"查写诬告信的人。"教导员拿过本子,把前面的一页页翻给罗教成看,"喏,每个人都得写,就算整得了容也改不了字,这是习惯决定的。"

"哦。"罗教成继续抄党章。

"你说这写诬告信的人也真是胡说八道。"教导员抱怨。

"哦。"

"告团长克扣伙食费。"教导员摇着头,"真是不动脑子,三个营都是独立开伙,反倒是团机关不开伙,还跟着二营一起吃呢。后勤这一块又是分给王副团长管,你说,就算团长想克扣,倒是得帮着想个门道来。"

"哦。"

"还告团长把卖掉换代装备的钱装进了自己腰包,真是异想天开。"教导员自己取纸杯倒了水,吹一吹,轻轻地抿了一口,"就说咱们营的换代装备,都是从排长到营长逐个签字画押,再在营里登记造册报团里,团里又登记造册报基地,并且是根据上报的旧装备请领新装备,数目和规格都是录入数据库的,怎么可能想卖掉就卖掉?真把部队当成菜市场了!"

"哦。"

"抄好没?够半页纸就行了。"

"哦,马上。"

"你抓点紧,我赶下午下班前得交到政治处去,马干事一个电话追着一个电话地催我呢。"

"哦。"

"很快就会水落石出,我倒要看看是谁在干这见不得人的事。"

"嗯。"

罗教成感觉到全身的血都往脑门子上涌,呼吸也被挤压得急促起来,瞬间全身就汗涔涔了,握笔的手也沾了汗,把纸渗得发潮发黏。

日子真是煎熬,罗教成觉得每一天过得都如同一年般漫长。

消失了几天的于鹏辉又出现在了团里。每回于鹏辉出现,都会有人议论:"有人想陷害团长呢。"旁人补充:"告状的人肯定是想达成不可告人的目的。"又有人补充:"真是阴险下作,这样的人会遭到报应的。"

罗教成旁观着,旁听着,脸上觉出有火苗在燃烧,烫,并且痛。

教导员来到指控室通知罗教成去团长办公室的时候,罗教成如释重负。一直等待却迟迟不来的,终于来了,他紧绷了多日的神经随之松弛下来。

天要下雨娘要嫁人,随他去吧。罗教成狠狠地咬着腮帮子。

于鹏辉并没有受到诬告信的影响,他声音柔柔地问罗教成:"知道我叫你来做什么?"罗教成被这声音又带回了于鹏辉当副营长的时候,于鹏辉叫他"罗班长"声音很柔,向他请教技术问题声音也很柔。罗教成常常幻想副营长不是副营长,而是他的徒弟,于鹏辉也确实说过他是老师。

"哦。"罗教成知道为什么来,嘴闭着,不说。

"你晋升三级军士长的命令下来了。"

"嗯?"罗教成盯着于鹏辉,眼睛睁得圆鼓鼓的。

"咋了，不信？这是刚到的命令。"

罗教成接过于鹏辉递来的命令，白纸红头，仿宋的字明明白白："通信团指控室四级军士长罗教成晋升为三级军士长。"落款日期是昨天，圆圆的钢印在纸张的底部染上了红色，镌下了筋骨。这是真真切切的命令。

罗教成死死地盯着，就像盯着自己一生的命运。

"祝贺你。"

"哦。"罗教成抬起头，激动地回应，"谢谢团长。"

"不用谢我。"于鹏辉接过罗教成还回来的命令，"要谢就谢你自己，团党委这次选改士官坚持一个标准，就是谁对团里建设贡献大就选谁。选上你，就说明在同一批人里，你对团里建设贡献最大，我还要谢谢你呢。"

罗教成又想起，副营长于鹏辉从外单位调来后，总是拼了命地学技术。罗教成劝他："你的责任是当领导，干技术自有工程师和我们技师呢。"于鹏辉讲："在通信团这种单位，我如果连技术都搞不精，咋好意思当领导？"

这句话于鹏辉说给自己，却让罗教成牢牢记住了，一记就是多年。

罗教成总是套用于鹏辉的话问自己："技术不精咋好意思当技师？技术不精咋好意思当班长？技术不精咋好意思佩戴四级军士长的衔？"

问的次数多了,人就不会懒,本事也就慢慢长了起来。

此次晋升高级士官,罗教成算是间接在于鹏辉的影响下修成正果。

罗教成出了办公楼,仰头望天,无云,湛蓝,他觉得自己无比幸福。

罗教成回指控室后,从教导员那里得到消息:写诬告信的人找出来了。一个是团里退伍的士官,一个是参加过团里招标的商人,前者因为早年想调单位没有获得于鹏辉批准而记恨在心,后者因为贿赂于鹏辉被拒绝而心生不忿,就合伙要把于鹏辉扳倒。涉嫌诬告,两人都被派出所拘留。

"士官叫啥名?商人是谁?"罗教成警惕地问。

"士官是原来团里的刘鹏,商人叫张什么。"

意料之中,却还是感到惊讶。罗教成问:"要被判刑吧?"

"不知道。"

"哦。"

"要我说,这种害人精坏人名声,就该严厉惩罚,让他们得到报应。"

"哦。"

罗教成觉得身体轻飘飘的,似乎一阵风来,就能带他飞起来。

九

接到于鹏辉电话的那个周六下午,罗教成正在西去的列车上。

"晚上一起吃个饭吧。"于鹏辉声音柔柔地说,"好久没一起坐了,算是给你庆祝一下。"

"哦。"罗教成望着车外,"对不起团长,我休假了,正在火车上。"

"回老家?"

"嗯。"

"对的,这么大的好事,应该回去给父母报喜。"

"我。"罗教成片刻犹豫,还是说了,"我回去给我父亲扫墓。"

"啊?哦。一路顺风。"

"谢谢团长。"

"等你回来咱们再约。"

"嗯,好的团长。"

挂了电话,罗教成呆呆地望着窗外。一座座山向后退去,一排排树向后退去。十六年前,也是这个季节,山和树在相反的方向送他踏进军营。

往事不堪回首,时间能让所有的浮躁都俯首称臣,安静下来。

罗教成原本给父亲打包票考上一本大学的。父亲用激将法,说罗教成考不上。罗教成倔强,用苦读回应父亲。可惜,他们都没等到高考的季节。

人生如戏,总有一些残酷的场景横冲直撞进入生活。

村里的主任和书记合不来。主任找到生性淳朴的父亲,说了许多书记侵占村民利益、克扣上级补贴的丑事,父亲义愤,在主任的撺掇下说是代表村民到乡政府告状。事情闹大了,一查,却把主任查进了派出所里。政府倒没难为父亲,让写了个不再乱告状的保证书就算了事,村里人却指指点点,说父亲黑白不分为虎作伥,说父亲是主任的狗。父亲一生要强,受不了这个委屈,却没办法洗清自己,选择在一个寒冷的清晨投井自杀。

那个清晨那样冷,冰冻了罗教成所有的欢乐,也冰冻了他关于老家的一切美好记忆。葬完父亲,罗教成就辍学当兵,一去就是十六年。

罗教成可怜父亲,就像可怜留在老家的另一个自己。

罗教成回来了,站在父亲的坟前。望着蒿草荒芜,罗教成含泪跪下。他拨开草丛,徒手去拔,一簇一簇,就算被荆棘刺破了皮,流出血来,他也毫不在乎。在那个夕阳映红大地的凄冷下午,罗教成不断地流着泪,不停地拔着草,他从未如此时此刻这般,椎心地心疼和怀念他的父亲。

■ 远远的天边有座山

■ 154

■ 我带过的那个兵

前年 8 月,我到工兵营采访。

虽然一早就出发,可是到达时还是过了午饭的点。教导员自己也没吃饭,等着我。我们进饭堂,一个穿迷彩服的战士正弯着腰背身拖地,仔细而用力。觉出后面有人来,他就让开一条道,好让我们过去。

"拖得这么勤?一会儿还会脏的。"教导员跟他打招呼。

"哦。"他停下来,直起身子,憨厚地说,"教导员好。"显然,他刚才并没有意识到后面的人是教导员,又说,"再脏了就再拖。"

"你这个王乐成,真是闲不住。"教导员转身准备给我介绍他,他却睁大了眼睛,望着我,因惊讶而吞吐:"排——长——"

穿着油腻的迷彩服,面庞的皮肤粗粝而坚硬,头发因稀疏而愈显得每一根都孑孑挺立,背也微微驼了,乍一看去,他并不比教导员年轻。

我终于确定,他就是王乐成,8 年前我带过的那个新兵。

往日情景近在眼前,我清楚记得他机灵活泼的模样。

我带过的那个兵

155

"为啥来当兵？"

"说实话还是说大话？"

"实话怎么说？大话又怎么说？"

"实话是体验一下生活，大话是报效国家。"

"打算长干吗？"

"长干？怎么可能，两年后我还要回去继续读大三呢。"

他对自己的生活有着清晰而可行的规划，并坦诚地对我说，毕业后要用一年时间去旅游，还说要在文化公司打工积累创业经验，更说将来要开自己的公司。他想得那么远，就像一个运筹帷幄的将军。

他能正上着大二来当兵，在当时，也是不同寻常的选择。我喜欢他，并不是因为他喜欢说俏皮话，也不是因为他在每一次组织的活动中都自告奋勇，而是因为就算是来体验生活，他也不枉费分秒光阴，总是极尽所能地做好生活里的每一件事情，即便有时艰难而无望。

他诸事皆在同批新兵里领先，唯有臂力稍弱，新训课目里有一项是投掷手榴弹，30米及格，他最远扔23米。当然，排里还有两个兵更弱，扔不过20米。与生俱来的无能为力有时也能让他人接纳。

我劝慰他："努力的态度有时比成绩更重要。"

他闷闷地说："一切没有结果的努力都毫无意义。"

那时候提倡尊干爱兵，即使新兵再怎么不长进，班长也只能动口不动手，但他并不因此求得侥幸。班长文明，他却对自己野蛮，单手练俯卧撑,单手吊单杠,胳膊肿了消了,消了又肿。但遗憾,他胳膊上缺少那根运动的神经,新训考核时,手榴弹投掷仍不及 30 米。

我清楚,他留给我们拼搏的精神力量远远超过了 30 米。

新训结束,我把从营里争取来的独一个拼搏进取奖给了他。

后来分兵,他去了禁区的工兵营。我们从此失掉联系。

第 3 年开始,我带的那批新兵陆续服役期满离队,他们很多人当兵 2 年或者 5 年都待在大山里,临离开,才第一回,也是最后一回到市里,我一拨一拨为他们壮行的时候,总要问一问他的情况。

"哦,他呀,或许早都回去了吧。"

"他是大学生,才不会长干呢。"

山里的部队依山分散,大部分人都难以联系,彼此猜测着下落。在只言片语中,我也坚定地认为他早已经回了他的学校,已经完成了旅游的夙愿,或者正在某个地方上班,甚至是开起了自己的公司。3 年,5 年——随着时光流逝,那一批新兵在部队也已经所剩无几。

出乎意料,8 年之后,我却又见到了他。

吃完饭出来,食堂空荡荡的,他把大厅拖得洁白清新。

"王乐成呢?"我问教导员。

"肯定是到工地上去了。"教导员说,"他可是个闲不住的人。"

我真想跟他聊聊,可教导员紧等着给我介绍他们上个月水坝攻坚战的先进事迹。采访结束后,我得写篇新闻通讯发在《火箭兵报》上。

会议室里，教导员详细给我介绍在艰巨的水坝围堵任务中，出动了多少车辆、集结了多少人员以及在短时间内完成了几乎是平时三倍之多的土方量，听着听着，我却走神了，又想到了王乐成新训时的样子。

我终于忍不住，打断教导员说："给我讲讲王乐成吧。"

教导员是个老工兵，从当兵就在这条山沟里，在这里当了班长，在这里入了党，在这里提了干，又在这里从排长一直干到教导员。

"王乐成啊，"教导员长长地叹了口气，"怎么说呢？"

8年，对每个人讲都足够漫长，我却不知道王乐成到底经历了什么。我迫切想知道，按计划本应开起公司的他为什么还在山里？能看出来，王乐成是教导员心中一个痛苦的结，他的回忆断续而艰难。

"唉——"教导员又是一声重重的叹息。

他的机灵活泼和勤勉努力在到了工兵营后并未丝毫减少，抱得起石头，看得懂图纸，粗中有细，文武双全。教导员说："他不光脑子聪明，关键是还舍得下苦功夫。"没错，他就是我印象中的王乐成。

一年被保荐为副班长，一年半入党，这些在别人看来几乎不可能的事情，在一个肯干愿干能干的兵身上，倒也顺理成章就实现了。

那回，他和班长在河道里用风钻打石头，7月的山里没个准头，不知道那座山上一阵雨，河道就汹涌泛滥。那回眼看河水冲下来，班长让他提着风钻先跑，自己则去拉发电机。洪水比往常更大，班长拉着发电机没走几步,河道就被水灌满,班长站在一块大石头上等他扔救生圈。因为河里常发水,又不能不打石头,所以河道边预备着救生圈,这东西管用,一头系在树上,只要抓住就安全了。他抓起救生圈往河里扔,一下,两下,三下,生生没能扔过去,直到班长站不住被卷走。他也是急昏了,忙着扔,也忘了喊人,可自己又扔不上去。两年义务期结束,他写了血书要留队。

班长在时对他好,没少动员他转下士,他因有自己的规划,当时并没有答应。班长走了,他自愧自责,说要替班长继续在山里干下去。

他对自己那样狠,令旁人心疼。

几十斤的大石头,他一上午能抱三四十趟,直到胳膊脱臼,也不言语,自己对上,接着干。混凝土、砂浆要从山底背到半山腰,别人一趟一休息,他累得不行了,才靠在树上喘口气,砂浆却不下身,气喘匀了,继续爬山。不要命地干,最后落下一身的伤病,胳膊习惯性脱臼,腰椎间盘突出,膝盖增生,就连耳朵也在一次爆破后长鸣不止。

营里照顾他,让他开翻斗车,技术活,轻省。

他学得真是快,没几个月就能带徒弟。那年冬天,又一茬新兵刚到营里,营长指着两个大学生士兵对他说:"他们跟你学开车。"

刚过一个月,两个兵差不多就都能上路了。一个兵要单飞,他不放心,那个兵坚持,他应了,就在下面跟着,几趟跑下来倒也熟练。他开车下了河滩装石头,石头装满了,他不留神,兵又坐到了驾驶位,并启动了车子,他挡不住,只能一边大声叮嘱,一边在下面跟着。兵上坡的时候慌乱,车头转了向,正无措,他冲到驾驶位置,一脚把兵蹬了下去,扭方向盘已经来不及,车头压翻车身,他被扣在了底下。

7根肋骨骨折,大腿骨折,脾脏破裂,后脑勺缝了一长条。

在医院里躺了9个多月,他受尽手术折磨,总算活了过来。

翻车是事故,他受到了严重警告的处分。一身伤病,前途无望,按条件,他也符合办理病退,营里征求他意见,他说要留下。教导员把走留之间的得与失掰扯来掰扯去,他还是那句话:"死活得留下。"

工兵营都是重活,他没法干,就主动请缨到炊事班。

炊事班活也不少,尤其工期紧的时候一天要做4顿饭,甚至更多,而且经常送到工点上去。就这,只要忙完手上活,他还是往工地跑,重活干不了,他就帮手打杂,反正不闲着,像机器一样竭力运转。

就这样,他在杳无音信的山沟里待了8年。

我那天离开山沟前想见一见他,可他去工地未归,终没有等到。

我留下了遗憾,也留下了念想。下一次见他,不知到什么时候?

掘山为巢

一

父母的良苦用心总是事与愿违。罗金斗现在谁也不想怪怨,他总想起上士班长的死不瞑目,他不愿回忆往事,他告诫自己,好死不如赖活着。

二

那个不怀好意的新兵班长喊出"南北吊"时,罗金斗竟然鬼使神差答了"到"。声音拐了一个柔软无力的弯,闻之,饱含卑怯懦弱的钝感。

排长批评班长说:"你是党员也是骨干,要尊重新兵。"

班长诺诺地说:"挂在嘴边,不小心出溜出去了,下不为例。"

排长雄赳赳气昂昂又站在全班新兵前面说:"以后谁也不许叫罗金斗'南北吊',我们部队向来提倡尊干爱兵,起绰号有损文明之师的形象。"

众新兵笔直站立,目不斜视。

"南北吊"绰号昭告天下之后,广而告之,就叫开了。

也不能怪班长,罗金斗的脑袋前凸后翘,有人说像西瓜,也有人说像哈密瓜。自记事起,罗金斗就被冠以"南北吊",天长日久,习惯了,也自然了。只是初到军营,旧时的日历翻篇,无人知晓他的前世今生,所以算是侥幸,"罗金斗"三个字又被叫了回来。有着这样的缘由,口随心动的班长刚喊出"南北吊"时,罗金斗条件反射似的脱口答"到",也就不足为奇。

脑袋长得不规范,总不是一件值得骄傲的事情。

可既然班长都那么叫了,其他人也都没有了顾忌。即使排长正经八百约法三章,可排长是排里的长,在班里,班长还是最高首长。应和班长似的,大家都喜欢在班长的眼皮底下亲切地喊一声"南北吊"。

班长说了下不为例,可说的是自己,对其他人如此喊,并不制止,而是报以微笑。罗金斗很矛盾,想着不管谁叫"南北吊",自是不答应,时间长了,这个令人厌恶的绰号就会被忘记,"罗金斗"三个字继而可以光明正大走上前台。可别人喊时,他又很纠结,怕不应答影响团结,所以每每被叫到"南北吊",仍总要回应一个拐了弯的"到",内心的纠结全挂在长长的尾音上。

绰号一事虽影响心情,却并未影响罗金斗想当好兵的强烈愿望。

掘山为巢

163

掘山南集　杨荣 2019.12.10

虽努力，效果却不尽如人意。

站军姿半小时一休息，一战友未休息，连站一小时，最后体力不支晕倒，受到接连不断的表扬。罗金斗也效仿，站了一个半小时，偌大一个训练场，各级领导却是置若罔闻。班长鼓励三大步伐踢出声音，罗金斗第一个响应，虎虎生风，把脚都踢疼了，可队列会操时，他竟是唯一惨遭刷掉的，也就是连参加会操的资格都没有。如此再三，他当好兵的愿望就被闷棍击毙。

沮丧了好一阵子，机关挑选公务员又让罗金斗有梦想了一回。

据闻有两个硬杠杠，一个是白净，一个是勤快。

参照一比，罗金斗觉得就算选一个人，全连也是非他莫属，更何况要十几个呢。等呀等，终于等到了机关挑选公务员的工作组。

一批批新兵接受面试的时候，始终没有叫到罗金斗。他这才意识到，被挑选的前提是被推荐，班长从班里推荐了五个人，没有他。

十几个看起来并不白净也弄不清到底勤不勤快的新兵坐上依维柯离开的时候，罗金斗贴着窗子呆呆地望着。他太想跟着那辆车一起走了。

依维柯开走一个星期，新兵也要下连了。

人人都在期盼军旅的第二次投胎能够心想事成，罗金斗也不例外。老兵中盛传着"最苦工兵营，最累工兵营，最脏工兵营"。口口相传，让新兵有了畏惧，人人都念叨着，千万不要分到工兵营。罗金斗也在念叨。

军务参谋一个个念着名字，前后左右都被新单位的参谋带上不同的轿子车，在轰隆隆中走了。还有十几个人，军务参谋合起夹子说："后面就不念了，都到工兵营报到。"罗金斗就在不用念名字的那些剩下的人里。

罗金斗固执地认为那天从头到尾都是雪花飘飘。刹那间，整个新兵营都被白雪覆盖了，不见了营房，不见了训练场，到处都是白茫茫一片。

他登上了一辆蒙着帆布的卡车，颠簸摇晃中朝着山里走去，朝着工兵营走去。雪花紧紧尾随，强劲肆虐，扑打而来，他寒冷至极，冰透心底。

三

上士班长说，他曾经和一个跳舞的女孩子谈朋友，身材超好。

罗金斗从来与女孩绝缘，也因此，他对上士班长充满了羡慕嫉妒恨。

乌压压的大礼堂里，另一个跳舞的女孩子正在聚光灯下翩翩起舞。罗金斗伸长了脖子，紧紧地盯着游走的女孩，她跳跃，他随着跳跃，她游移，他随着游移。音乐时急时缓，如同一股野山泉流淌在罗金斗的心田里。

从罗金斗的坑道记忆开始,上士班长就总在谈论他和跳舞女孩的爱情。每一回休息的时候,上士班长就会坐下来狠狠地吸上几口烟,慢悠悠吐出烟圈,然后说,跳舞的女人就是不一样,线条好,身子软。

接下来,一段故事就开始了。

讲完一段,他会扭过头来问罗金斗:"谈过女朋友没有?"

罗金斗被噎得喘不上气,就剩下急促的呼吸。

上士班长就笑,放肆而夸张,戏谑说:"你这个'南北吊',长得细皮嫩肉,可整天窝窝囊囊肯定不行,这样怎么可能吸引女孩子的注意?"

他烟很勤,几句话说完就要续上一根,却不中断说话。他说:"我告诉你,茶壶配茶杯,男人配女人,这都是天经地义,不然有个啥活头?"

他有时会讲到和跳舞女孩接吻,讲过一段,就扭过头来问罗金斗:"你亲过女孩子没有?"不等回答,就戏谑说,"女朋友都没有,肯定亲不上。"然后自说自话,又进入下一个爱情步骤。他的听众有满满一坑道。

雷打不动。抽过三根烟,上士班长的风花雪月就会告一段落。

他说:"女人嘛,终究不能当饭吃。干活。"

站起来说完,他第一个提起风钻,呜呜呜地插进石头里。

罗金斗畏惧上士班长,也羡慕上士班长。

罗金斗一直怀疑是不是他母亲怀孕的时候受过谁的欺负,要不然他怎么与生俱来就有那么强烈的自卑感。生活如此,爱情同样受到牵连。

高二那年,学业一塌糊涂的罗金斗突然萌生了恋爱的想法,目标也很明确,就是有着白皙后颈的她。她坐在罗金斗的前排,每回上课,罗金斗的注意力都会被白皙后颈引诱走。暗恋就这样不知不觉疯狂生长。

多为难呀,可是为了爱情,罗金斗还是决定勇敢一回。

经过几夜的煎熬,他终于写出五百来个字,写在白纸上,不妥,换成彩纸,仍不妥,最后换成有动物图案的信笺。手和心一样紧张,誊了一遍又一遍,总算没有错字漏字,盯着又检查了一遍两遍三遍,才算放下心来。

晚自习后,他将告白夹在她的书里。一夜无眠。

初恋是大巴掌,携风而来,带给罗金斗血淋淋的羞愧和后悔。

次日到校,她和别人竟一边念着罗金斗的告白,一边笑。那种尖锐刺耳的嘲笑足令罗金斗一生铭记。他感觉自己太蠢,竟然落款留了真名。

"你是我心中的珠穆朗玛峰。"她们一遍遍地念,罗金斗心中一遍遍地羞愧。这是整个告白中罗金斗曾经最满意的一句,不想,现在却变成了最刺耳的一句。他真想把那页纸夺来撕得粉碎,内心却无论如何也指挥不动内敛羞涩的肢体,只能无动于衷,沉默就座,"聆听"山呼海啸的笑声。

这并不算完。"你是我心中的珠穆朗玛峰"还在蔓延。

那帮女孩子简直是群疯子,她们只要在外面见到罗金斗就会像高尔基讴歌英雄的海燕那样抒情地朗诵"你是我心中的珠穆朗玛峰"。每到此刻,罗金斗都像一个做了错事的孩子,低头灰溜溜地逃出她们的视野。

越逃越远,直到罗金斗逃离学校。

白皙后颈变成他的梦魇,爱情的奢望也被一棒子打死。

对于女人的欲望已经在他年轻的躯体里早早凋谢了,一提起女人,那件往事带给他的羞愧本能地反射而来,如同巫师不可攻破的魔咒。

解铃不一定必须要系铃人,上士班长口无遮拦的酣畅诉说似乎正成为一道秘符,悄无声息地解开着他的魔咒。随风入夜,润物无声。

上士班长的一切罗曼蒂克都是在排长不在的时候。三个班里他是最老的班长,排长不在,他就是排长,排长在,他就又回归班长。

排长在,他休息时除了抽烟,就是伸懒腰、打哈欠。那些丰富多彩的感情故事就被强制压抑在了胸腔里,鼓鼓地,在暗黑的坑道里钝响。

上士班长三十一岁了,坑道掘进干了十二年。他总悄声在几个老兵跟前说:"我打坑道的时候,那小子还在小学和女孩子抢豆豆糖吃呢。"罗金斗知道上士班长说的"那小子"指排长。暂不论抢豆豆糖一

掘山为巢

169

事有无根据，单从时间推算，刚毕业的排长十二年前的确只是一个十岁的小学生。

又能怎样？排长一毕业就是排长。

上士班长干了十二年，到头也只是个班长。

上士班长从当兵第二年就当了班长。听老兵们说，刚当兵那会儿，上士班长玩命干活，抱着风钻在坑道里一干就是一天，全身上下每一个有孔的地方都被石头粉末塞满了。这算什么，拍拍拍打，他抓起风钻继续干。

上士班长是有私心的，卖命干就想提个干。

累倒了好几回，终是没能遂愿。

倒不是说组织上不讲感情，但凡事都有个规矩，提干有个硬杠杠，往那儿一卡，就把他卡在了外边。命运就那样板上钉钉，他又能如何。

算是安慰，营里让他上了士官学校，注定一辈子与当干部无缘。

从士官学校回来，上士班长的人生就定格在了幽黑坚硬的坑道里。与他同一批的兵，除了提干就是退伍，能从新兵熬成十二年的老兵，他是独一份。兵龄长、技术好、又肯干，上士班长是工兵营绝无仅有的"元老工兵"。

前后陪了六任排长，上士班长一个都看不上。

"这家伙对坑道肯定没感情。"每一个排长初来乍到，不论开场词怎样慷慨激昂，杵在角落里的上士班长总是这样面无表情地进行评价。

排长都是军校毕业的白面书生,长得文弱娇气,不管咋说,人家谦虚好学的态度总是值得肯定,可上士班长却一点不给面子。

就拿之前的刘排长来说,一放下行头先到上士班长的屋里报到。

"班长,你是打坑道的专家,以后多向你学习。"

"你是官,我是兵,有啥学的?你命令就行。"

你看,人家一个不耻下问的好排长,硬生生是被上士班长给憋了回去。

还有那个张排长,听说人家老爸是北京部队的首长,但人家也没有耍什么官二代的威风,自个儿咬破手指头写了申请书,要到这最闭塞最艰苦的大山里来,在团部待了几天,嫌艰苦不够,又到工兵营,一腔热血,两袖干劲。

张排长是真心来吃苦的,放下背包就进了坑道。

上士班长在前,张排长在后。

"跟着我干啥?"上士班长一说话,就把灰尘吹了张排长一脸。

"向老班长学学。"张排长像个新兵。

"你又不干这个,学着有啥用?装门面可以学别的。"

看看,脆生生又是迎面一闷棍。

新兵不敢劝,老兵说:"你也给人家干部点面子。"

上士班长黑脸说:"面子是自己留的,不是别人给的。"依旧我行我素。

上士班长看不上干部,干部也看不上他。虽然干得很辛苦,一年到头总在坑道里猫着,可评功评奖、推荐典型的时候,老轮不上他。他倒也不惦记,闷着声说:"三等功倒是有过两个,可是又顶个啥用?"

提干伤了他的心,他这是铁了心要与世无争。

一年又一年,上士班长的脾气没改,预言却是个个应验。

长则一两年,短则几个月,排长们就像长了翅膀一样,匆匆飞来了,又匆匆飞走了。在偶尔的空档期,上士班长会代理排长,但用不了一两个月,新排长又会空降下来。顺理成章,他又回到了自己班长的岗位上。

他总说:"快来个干部吧,我才不想干这个破排长。"

包括新来的罗金斗,个个都能看出来上士班长口是心非。

四

官兵们的矜持已经按捺不住,场面有些混乱了。

那个穿着黛色短裙子的青年演员一走上台子,就引起了热烈的掌声。

罗金斗也热烈地鼓掌,他被裹挟在亢奋的人群里。

女演员上台先做了一番自我介绍,她叫什么,罗金斗没有记住,或者并没有去听,他的注意力都集中在女演员那光彩熠熠的脸上,虽然隔了很远，但他仍觉出了她的美丽。白的脸、黑的眉、瀑布一样倾洒的长发，那一刻，瞬间就点燃了罗金斗暗恋的冲动，他下意识用手触碰脸庞，火热火热。

"战友们，你们是最可爱的人，你爱边关，我爱你。"女演员一说完这句话，整个场面彻底混乱了。不知道哪个家伙在人群里喊了句"我也爱你"，混乱的掌声，不羁的哄笑声，紧接着就是一连片的"我爱你"。

团长站起来，扫视四周。虽在黑暗里，他的威严却丝毫不打折扣。很快，四下里安静下来，所有狂荡的闷骚都压抑成持久不息的强劲掌声。

台子上，女演员的歌声嘹亮，诱人。

看着团荣誉室里的照片，罗金斗怀疑，照片里的人和上士班长是不是同一个。看介绍，应该没有问题。"下士班长刘和平带领本班十一名同志连续战斗三天三夜，掘进坑道七十米，创造了前机械化时代坑道掘进的纪录，为树立典型、宣扬先进，刘和平班被记集体三等功，刘和平荣立个人三等功。"红底的寸照上，上士班长青春、清癯，炯炯目光里难言含羞青涩。

刘和平就是个疯子。这是另一个声音。

不知道是从哪里传来的，坑道里、荣誉室里，或者就是罗金斗在疲乏暗夜里一个昏昏沉沉的梦。反正那个声音挂在耳边，久久不能散去。

■ 远远的天边有座山

刘和平为了能提干,不惜把战友的命搭上。

这一次,罗金斗明白过来,他惊讶于手里的风钻竟能开口说话。"你不要这样看着我,在坑道里待了三十年,我说的话能有假吗?"风钻呜呜地喊着。罗金斗愣怔在原地,不知把风钻放下,还是就那样提在手里。

"你知道吗,八号坑道里死了三个人,两个都是刘和平的兵。"

风钻牵着罗金斗的手,呜呜呜地钻进了坚硬的岩石里,顾不上浇水,钻起的石头粉末扑面而来,让颤抖的罗金斗有些窒息。风钻才不管那些,它大喊着:"抓紧我,笨蛋,狠狠往里钻,可不要叫刘和平去踢你的屁股。"

风钻的故事都在震耳欲聋的呜呜呜的掩盖里。

从士官学校回来,刘和平依然铿锵有力。虽然挂上了士官的衔,他军官的梦想却没有死。政策上说连续两年立三等功的班长可以提干,他就铁了心要两年立两个三等功。哪有那么容易?你想想,一个连一年才两个名额,再怎么说也一百多号人,不能回回都有他吧。可刘和平是王八吃秤砣。

小杨是个列兵,死的时候才十八岁。

把三月份定为攻坚月是刘和平提出来的,他给连里的报告上说,三月是春暖花开的季节,万物都在努力地绽放,我们解放军战士也不能落后,必须与万物复苏的春天共成长。那个月被定为"刘和平攻坚月",坑道掘进的土石方量比往常提高一倍,也就是说按照以前的速度是白天干晚上歇,现在要白天加黑夜。要想片刻休息,必须从速度里争取时间。

可怜小杨被刘和平分在自己一组。

既然攻坚月是他提出来的,他就要以身作则干出名堂。他要自己干在前面,也要自己的班干在前面,为引起注意,前三天他压根没出坑道,当然,他组里的其他人也出不来,就都在超负荷体力劳动中扛了七十二小时。

一个班都累瘫了,包括刘和平。

一觉醒来,他又拍着手喊着:"起来了起来了!加油加油。"

小杨往轨道车上出石料,那些被风钻咬下来的石头,都要被小杨一块一块搬到轨道车上,慢一步,刘和平就会大喊大叫:"快点快点。"小杨入伍不到一年,哪敢怠慢,累了,狠劲摇摇脑袋,强迫自己继续坚持。又是一天一夜,他实在困得撑不住了,就倚在轨道车上,静静地躺了下去。

"小杨,小杨。"

无数个惊厥的声音在坑道里此起彼伏响起来的时候,小杨依旧没有任何反应。他们掐他的人中,胳膊、脑袋,掐破了皮,却没有流出血来。小杨的血都在坑道里耗干了。抬出坑道,擦拭掉黑灰,他的脸如同白纸一样,虚弱、煞白。太累了,他可能也情愿那样永远地睡下去,不再醒来。

那回,刘和平立了个三等功。

五

"哪个是罗金斗?"卡车弯弯绕绕开进了大山里,一路颠簸,罗金斗有些昏昏欲睡的时候,到了,他们被吆喝着下车,站成一排。还没回过神来,就听到一个粗粝的声音呼喊,他打了一个激灵,大声回应"到"。

"这么小的个子。"上士班长挥挥手,"来,到这边来。"

新兵和老班长混在一处,人声嘈杂,罗金斗睁大眼睛,努力寻找呼喊他名字那个人的方向,瞅准了,背着背包却挤不过去,就使劲往前冲,却一头扎进了谁的怀里面,一抬头,恰恰就是刚才喊他的上士班长。

"就是个打坑道的命,却叫了个说相声的名字。"罗金斗对上士班长的这句话久久难忘。他口笨,最不喜欢别人拿说相声来刺激他。

班里十一个人,十一月份退伍走了一个,罗金斗一去,又齐了。

坑道很深,走了半个小时还没有到头。罗金斗不时回头张望,怕出不去,坑道已经拐过几个弯,根本看不到出口的亮光,视野尽头是白炽灯下黝黑的石壁,四处裸露,面目可憎,在罗金斗的神经里映射下深深的恐惧。

掘山为巢

177

"没见过吧?"上士班长瞅一眼罗金斗,昂起高高的头颅。

"这都是咱们打的?"罗金斗仍在四处张望,一条长线把无数个白炽灯泡一溜儿牵进了深处,深到哪里,他并不知道。反正是在远远的前方。

"屁话,肯定是咱们打的。"上士班长背着双手,雄赳赳走在前面。活脱脱一个土财主带着新来的长工巡视自己广袤的庄园,趾高气扬,得意扬扬。

警卫营的兵毕竟见多识广,不知从哪里采来了野花,几朵绑作一束,高高擎起就上了台子,没人再敢呼喊,掌声却是如山如潮。那个兵也精干,十来个台阶,只三步两步就跨了上去,就像踩了高跷一样毫不费力。

罗金斗伸长了脖子,他太羡慕那个警卫营的兵了。

他长得潇洒,动作也潇洒。

罗金斗手上湿漉漉的,脖子上也沁出汗来。这会儿他倒替警卫兵担起心来,走上台子怎么办,花怎么给,女演员接不接,接完之后怎么办? 刚纠结完,他就知道自己想的多余了,几乎要比他的脑子早一拍,送花、接花、敬礼、还礼、下台。警卫兵和女演员互敬互爱的一系列动作就做完了。

又是掌声。"谢谢这位战友。"女演员在唱歌间隙,深情鞠躬。

罗金斗觉得警卫兵真是幸运,不光近距离接触了女演员,把花献了出去,还获得了一声"谢谢"。罗金斗替警卫兵高兴,巴掌拍得哗哗作响。

一恍惚,罗金斗觉得自己就是刚才的警卫兵。他上了台子,献了花,正如所想的那样,献花接花的一瞬,他触摸到了女演员温热绵柔的手,虽然没有触过电,但他坚定地认为那就是触电的感觉,二百二十伏的电压通过女演员的手导到他的手上,继而传遍全身,通体舒畅。那真是一种酣畅淋漓的灼热。他回过头,看见了山呼海啸的呐喊,人头里,有上士班长。

女演员还在台上,罗金斗回过神来。一切跟他没有任何关系。

排长让罗金斗关上门,罗金斗开始紧张,并努力在脑子里过滤了一遍,最近有没有干过挨批的事?一想,就有些不妙。中午把一个馒头装在袖口里出来,他以为并没有人知道,他装作替值日员打扫卫生,在笼屉里抓了一个馒头,从食堂的后门漫不经心地走了出去。丽丽就在那里等着他。

丽丽是一只狗。比罗金斗来工兵营更早。

来之前的生活不知怎么过的,反正罗金斗一到营里,一人一狗就建立了牢不可破的深厚友谊。罗金斗在班里总是被其他人吆来喝去,他却可以对丽丽发飙。他大喊一声"过来",丽丽就摇着尾巴顺从地贴在他的脚前面。他说"走",丽丽就一步三回头依依不舍朝远处跑去,当然也不跑远,就在前面看着他,等待他随时大喊一声过来,再摇尾而来。罗金斗感动于丽丽让他呼来喝去,一只毛茸茸的狗让他在这深山老林体味到价值和温暖。

为了持续这种跨越物种的友谊,罗金斗每顿饭后会拿出来一个馒头。

究竟被谁看到了呢?炊事班的马班长?不会啊,当时他正在厨房里盘点副食。值班员大王?也不可能,他最能耍滑,每次值日,都要先到卫生间里耗上一段时间,正应了那句懒驴懒马屎尿多的话。还能是谁?排长,也说不定,排长总是来无影去无踪,罗金斗还真说不清那会儿排长在干啥。一想到排长一双乌黑的眼睛目睹他拿馒头、溜出去、喂狗,刹那间,他就冒出一头大汗。罗金斗开始绞尽脑汁想着承认错误下不为例的说辞。

"你们班长最近怎么样?"排长不动声色,漫不经心地问。

"班长?班长——今天带队进坑道了。"罗金斗丈二和尚摸不到头脑。

"我知道,我是说最近说什么没?"排长眼睛盯在桌子上的人员花名册里,翻来翻去,不知道在找上士班长的信息,还是罗金斗的信息。

"没,没说什么。"

"难道没有说他跟女人的故事?"

罗金斗低下了头。上士班长每天都在说他的爱情,他撒了谎。没想到一下子就被排长揪了出来。脸上滚烫,罗金斗低下了头。仿佛排长不是说上士班长说与女人的故事，而是说他说的。他的无地自容就有些理所当然。

"我给你说吧。"排长合上人员花名册，严肃认真看着罗金斗，"刘和平思想上不健康，整天给官兵灌输什么情啊爱啊，鉴于他在专业方面的贡献，营里连里一直都在容忍他，但你们自己心里要有杆秤，知道什么是对的什么是错的，不能人云亦云，今年刘和平已经第十二年了，你也知道，在部队十二年就是个坎，就算他走了，我们的事业还要继续，你还年轻，要有是非标准，要经得起考验，不能随波逐流，否则最后受害的只能是自己。"

排长讲话简短有力，字字如枪，刺在罗金斗的胸口上。

"听明白了吧。"排长问。

"明……明白了。"罗金斗在颤抖，他尽量克制自己。

"那好吧，今天的谈话也不要出去说，你是个老实人。"排长意味深长地拍拍罗金斗的肩膀说，"好了，去吧，好好向班长学习，争取当个骨干。"

罗金斗早已汗涔涔，感到双腿绵软，使不上劲。他倚着墙走到户外，太阳正好，金光扑面而来，广场上、树上、营房上，到处都是金黄一片，就像一个梦幻的世界。开阔的视野里，丽丽同样披着一身金黄，欢快地从远处跑来，没等罗金斗呼喝，它就静静地匍匐在脚边，温顺，恬淡。

六

终于等不住了,在黑暗中,罗金斗摸出了礼堂。

他想好了,就算被团长看见也不怕,团长反正不认识自己,若被门口的纠察挡住问起来,他就说上厕所。人有三急,总不能让尿到裤裆里吧。

虽已天衣无缝,挪起屁股瞬间,虚弱的心中却仍是袭来怯惧。

管他呢。思想开了小差,身体却是毅然决然。罗金斗猫着腰穿过过道,借着地面上荧光色的路标指示牌,摸到了太平门下。已经很小心,门还是发出刺耳的"吱扭"声。罗金斗顿觉身后几千双眼睛都扫视而来,额头冒出汗。屁股在暗夜里,头已经出来。他决绝前行,门都忘了关上。

一出了礼堂,他就飞奔着跑向排里的菜园子。靠着河边,有一溜儿的月季花,年初整理菜园,上士班长让把月季花铲掉,说是挡着太阳,影响蔬菜的生长发育。罗金斗手握铁锹,就是扭扭捏捏不动手。上士班长看出他的心思,骂骂咧咧道:"好吧,就把这花当媳妇给你留下吧。"

一个月后,那些月季花就长出鲜艳的蓓蕾,成为菜园里最受欢迎的公主。上士班长说:"小子,可要上心看好你媳妇,千万别被人偷走了。"

团里不免有爱美之兵,会摘了花朵藏进被子里,夹在书里。

为防万一,罗金斗写了"月季有毒,切勿靠近"的牌子。

上士班长嘲笑他扯淡,却管用,花自那之后竟然一朵不少。

罗金斗心里有数,这个时候,那一溜儿的月季花正疯狂斗艳,莫说几朵,就是采上一百朵也不在话下,他要扎上一大捧,献给美丽的女演员。

风钻说它在坑道里待了三十年。罗金斗坚信它已经成了精。

它总在罗金斗一接触它的时候就开始说话,喋喋不休,不紧不慢,就像一个干了多年却进步无望的老兵,语言慵懒,说起谁都极尽刻薄。

"呜呜呜——"钻进石头的同时,风钻又开始说话了。

刘和平想提干,真是走火入魔了。他能连命都不要。

那年真是诸事不顺。年初遇到松软石质,年中遇到百年一遇的泥石流,工期耽搁不少,刚组织起掘进攻坚,却又碰上一次山体塌方。幸好没有人员伤亡,可巨大的塌方面在前面挡着,施工也没有办法继续。施工坑道直径小,大型机械进不去,和掘进一样,处理塌方面还得靠人。可那都是几百斤上千斤的大石头,说不准啥时候就砸下来,进去就等于死,谁都不敢贸然行动。

第一个站出来的还是刘和平。他说:"我排险,副班长观察。"

副班长也是渴望进步的血气方刚小伙子,当然不会有半点迟疑。

营长急红了眼,见刘和平请战,分外喜悦,简单交代了两句,就目送两人进了坑道。巨大的石头悬在坑道顶部,有的就是放了炮也下不来,有的不干预,却灭顶般坍塌掉落,不确定性让官兵与死亡无限接近。

提着风钻,刘和平第一个往里冲,副班长紧紧跟在后面。

"有情况喊我。"说不害怕是假的,说不定什么时候,那千斤重的大石头就会囵囵掉下来,砸在人身上,人就变成肉饼子。这会儿已经没有退路,一脑门子血液催促刘和平快点往里走。回过头,他坚定望一眼副班长。

副班长没有再往里走,他的任务是观察,看到石头摇晃就大声喊叫。

呜呜呜,呜呜呜——

在塌方面的四周,刘和平紧急钻孔。遵照营长指示,围绕塌方面快速打出九九八十一个孔,装填炸药,一轰之后,十有八九就把塌方面清理掉了。刘和平大汗淋漓,风钻握在手里,打一个,数一个,一点不敢耽搁。

远处的副班长比刘和平更紧张,盯着摇摇欲坠的大石头,望着手握风钻的刘和平,嘴里念念有词,祈祷石头不要掉下来。

"七十四,七十五——"刘和平的胳膊肿胀酸痛,鼻孔也快被石灰粉堵塞严实了,汗水却止不住,流在石头粉末上,成了混凝土,硬邦邦地悬着,异常难受,抹一把脸,汗水和石头就都跐进了毛孔里,肿胀,辛辣。

"七十六——"刘和平弯下腰来,他感觉已经筋疲力尽。

他使劲抬起风钻,却怎么也钻不进石头里,风钻就贴着石壁,呜呜呜地跳跃着。石头嘲笑他,真是个不中用的兵,连风钻都拿不起来。

刘和平很愤怒,可手已经不是他的手。他倾尽全力,却无能为力。

副班长冲上来从他手里夺过风钻,刘和平随即瘫软在地。

呜呜呜——副班长继续数着,七十六,七十七。

刘和平躺在坑道的角落里,听着钻头吞噬石头的声音,碎末和粉尘掉落在他的脸上,身上,他浑然不管。他已经瘫了,好想就那样睡过去。

一声天塌地陷的巨响之后,刘和平就被掩盖到了黑暗里。他甚至来不及恐惧,混沌一片中,坑道陷入了死寂。惊悚里睁眼,他以为只是一个噩梦。眼前漆黑一片,闭上眼睛,又睡了过去,他实在太累了。

再睁开眼睛,刘和平已经躺在了卫生队的病房里。

洁白的墙壁和被褥有些耀眼。"醒了醒了。"战友们围成一圈,睁大了眼睛望他。他像囚禁在鱼缸里的金鱼,也旋转着眼珠看大家。

刘和平还没有弄清楚状况,他在努力回忆。这是哪里?为什么突然会置身这样洁白一片的世界里?他以为仍在梦里,试图闭上眼睛。

"班长,班长。"众战友不抛弃不放弃,终于将他叫醒了。

就是在病房里,战友们你一言我一语,给刘和平还原了塌方的情况。

　　整个塌方就掉下来一块石头，有一间房子那么大，进不去，出不来，大家并不知道刘和平和副班长两人的状况。营长亲自带队冲锋，在那块大石头上打眼、装药、爆破，然后继续打眼，直到把一块巨石炸成碎片。

　　后来推测，副班长当场就被巨石砸成了肉饼，随着一波波爆破，就和坚硬的石头一起灰飞烟灭，仅剩下衣服上的布条，其余都升腾成坑道里浓重的血腥和炸药味。刘和平算是幸运，卡在巨石与坑道的夹缝里，不知道是死是活，最起码当时身上是浑全的，战友们就哭喊着将他拉到了卫生队。也是神奇，竟然未查出外伤，睡了三天三夜，阎王爷把他放了回来。

　　不是八十一个孔都打完了吗？

　　刘和平明明数过，九九八十一个爆破孔围着塌方面整整齐齐转了一圈，他其实在梦里数过，可他颠倒了，以为是自己数过，他甚至记得已经开始装填炸药，怎么就会塌方呢？他不能理解曾经的努力丝毫没用。

　　孔是打完了。战友们说，九九八十一个一个不少。

　　并且推测，可能副班长打孔结束后停了风钻，声波减弱，打乱了坑道里的力的平衡，所以导致塌方。听到这里，刘和平扑倒在床上号啕大哭。

他哭喊说,死的应该是他,而不应该是副班长。

他一哭,围着他的十几个兵就都哭成了一片。

营里为副班长在山巅上建了一个衣冠冢,供战友们凭吊悼念。

年底,刘和平再立三等功。

七

第一次进坑道施工,刚走到洞口,上士班长就一脚把罗金斗蹬跪在了地上。"磕头。"上士班长命令说,"进坑道不拜山神,小心山神收了你。"

其他兵笑,上士班长却刚毅严肃。

罗金斗很为难,弄不清楚是真要拜还是上士班长戏弄他。"赶紧的,心里不诚,出了事可不要怪怨别人。"上士班长撂下话,自己先走了。

罗金斗并不是有神论者,其实他也说不清自己是哪一派,算是入乡随俗吧,他趴在地上磕了三个头,嘴里还念念有词,上帝保佑,上帝保佑。他爬起来拍拍膝盖,一溜烟地追了上去,再往里走,果然心里瓷实很多。

阔大的洞口往里延伸一千多米,就开始分支,向着四面八方扩散,零落成了七八个作业面,每个班负责一块,就像蚂蚁搬家一样,成年累月定在坑道里,打眼,放炮,再将一块块碎石搬进轨道车运出去。

"兄弟们,上工了。"一到洞口,上士班长就脱下上衣大喊起来。

"上工喽——"众人应和,也纷纷甩掉了上衣。

上士班长和另一个老兵持风钻,在最前面。按照施工图纸,他们要打出密密麻麻的孔,然后按照一定的比例装填炸药,轰隆一声,烟尘扑面而来,一面石壁也被炸得千疮百孔。后面的兵抡大锤继续扩大作业面。炸掉和砸掉的石头落在地上,就被铲进小车,转移到轨道车里,一车车运到外面。如此往复,坑道就一米米往里伸展。缓慢,但是不停不歇。

上士班长说过,他们现在是用最落后的掘进工艺。因为开工时间长,作业面小,所以大型机械进不来,现在其他坑道施工都扩大了作业面,大型机械轰隆隆开进去,都是机械和石头硬碰硬,再不用人徒手作业。

他们算是中国工兵最后一次以血肉对抗坚硬的石头。

脱下衣服,上士班长身上的腱子肉就崩了出来,充斥着力量。

"把炸药准备好。"他一面呜呜呜持着风钻吃石头,一面不忘安排下一步的工作。营里规定在风钻作业中必须佩戴防尘面具,可上士班长嫌那玩意儿麻烦,压根没戴过。他说,早都尘硅肺了,戴这顶屁用。

看他不戴,罗金斗也就不戴,却被踹了一脚。扭头看,是上士班长:"新兵蛋子,好的不学,竟学这不靠谱的。"上士班长变戏法一样,从迷彩裤的兜里抽出一副口罩,撇给了罗金斗。罗金斗心头一热,眼圈湿了。

真是活见鬼了。罗金斗绕着一亩见方的菜地,从这边走到那边,又从那边走到这边,像将军巡视部队一样把一溜儿的月季花全部检视了一遍,可连一个含苞待放的花骨朵儿都没有,更不要说绽放的花朵了。

他探下头去,扒拉开。月光下的月季花失落而颓丧。

怎么办呢?肯定是警卫营那帮家伙摘走了。罗金斗焦灼,失望。

可仅仅几分钟,他就从失望里振作起来。

月光下,罗金斗飞快地跃出菜地,沿着公路跑出一段,就纵身上了山,沿着警卫营平时巡山的道路,他一溜烟,就消失得无影无踪。还是那回跟着上士班长上了一回山,在山顶的一块平坦处,他看到了一大片绿色的植物,上士班长告诉他,那是格桑花,秋天的时候金灿灿,会开成一片花海。

已经深秋季节,他不管,一定要去碰碰运气。

晚上不比白天,爬山真不是容易的事情,还好,有警卫营长年累月踩出的一条秃路,权当作了罗金斗的路标,不至于迷失方向。他拼尽了力气,不是在跑,而是在飞,两脚几乎没有同时着地,他唯恐在散场前赶不回去。

到顶了。虽在夜晚,但格桑花海仍是亮闪闪惊艳地横在眼前。

哦,格桑花,哦,格桑花。罗金斗嘴里念念有词。他一下子扑了进去，一朵两朵，他急切而又细心地抓住花朵的底部，温柔地掐断，一朵一朵攥在手里。那些格桑花像小伞一样，张开在夜里，张开在罗金斗的心里。

摘好满满的一大捧，歇口气，罗金斗才感觉到周身的冰冷来。刚才太过拼命，身上的汗水汹涌沁出多次，这会儿融在衣服里，湿漉漉贴在身上。往下走的时候，身上、腿上，都酸痛疲软。不远处有动物撞击树木的声音，各种陌生的怪叫环绕周围。恐惧就像天上的月亮一般如影相随。

也不管那么多了，罗金斗心里想得最多的是能不能赶上。

他拔起腿，拼命地豁开灌木丛，沿着来时的路向下跑去。有时跌倒了，他并不停歇，连滚带爬继续朝下面冲刺。只听见灌木上的小刺火辣辣划开皮肤的声音。脸上、手臂上，时不时传来钻心的疼痛。罗金斗不管那么多。下意识地，他总是在摔倒的瞬间将那一捧格桑花紧紧地护在胸前，像呵护一个刚刚出生的婴儿。终于，他的身体重重落到了马路上。远远望去，礼堂的窗户里仍禁锢着灯火通明。他内心充满了温暖的希望，急切地放开步子，近了，掌声还在响，仍旧热烈和亢奋。罗金斗长长舒了一口气，跟跟跄跄闯进了礼堂。台上，一个男歌手演唱《我在高原》，雄壮、激昂。

罗金斗默默落座。格桑花仍旧婴儿一样，躺在他的怀抱里。

八

"南北吊,陪我喝酒去。"门被踹开的时候,罗金斗正琢磨着给家里写封信。山里不通手机信号,唯一的公用电话亭设在警卫营营部门口,距离工兵营少说有一个小时的步程,懒得去,罗金斗就想着写信。说什么呢?到底是报喜不报忧,还是实话实说?望着天花板的罗金斗犹疑不定。

"我——"门被踹开让罗金斗受到惊吓,一时无语。

"怎么,忙着?"上士班长强横反问。

"没,没事。"罗金斗赶忙表明坚决立场。

"那好,跟我喝酒去。"上士班长大手一扬,先行走了。

正是周五下午。三点钟,排长就写了相亲的请假由头,坐着团里的班车到城里去了。留下了排里一群无所恋无所念的光棍汉,冷清,孤苦。

团里规定在驻地谈对象的干部经过组织批准可以两周进城一次,享受同样优惠待遇的还有已结婚并且家在驻地城市的干部和士官。

能享受到这项政策的,全营也就为数不多的几个干部。

排长刚毕业,可他一就职就打了恋爱报告,谈一谈换一换,总之结婚之前都处于谈恋爱阶段。上士班长则不同,他压根就没有在驻地谈恋爱的资格。还是刚转下士时回过家,家里也着急给介绍,但毕竟不是能急得来的事,谈得差不多了,假期也到了。山里打电话不方便,仅凭通信联络感情,着实有点不太靠谱。一年又一年,过了而立之年的上士班长仍旧孤身一人。别人下山,他就喝酒。酒是他须臾不离的兄弟,也是女朋友。

进到排里的储藏室时,上士班长已经盘腿坐好,等着罗金斗。

煤油炉子上架的铁锅咕嘟嘟响着,白萝卜、排骨、胡萝卜、白菜,还有其他花花绿绿的,胡乱煮在一起,香味随着白蒙蒙的蒸汽升到屋顶,拐个弯,又折了回来,在储藏室里四散飘开,诱出罗金斗的口水来。

"愣啥?坐啊。"上士班长命令。

罗金斗顺势盘腿坐到了上士班长边上,上士班长尚未说话,他觉出不妥,嘿嘿笑着,屁股一扭一扭,又挪到了对面。上士班长摇头说:"金斗啊金斗。"他仍是嘿嘿笑。"别笑了,把缸子拿来。"上士班长的语气缓和一些。

两个军绿色的缸子并排放着,上士班长从储藏架的后面提出一个白色塑料桶,拧开盖子,咕咚咕咚就倒上了。一股刺鼻的酒精味扑面而来。

别看是塑料桶子,这可是北京带过来的二锅头。上士班长拧紧桶子,就近放着。罗金斗想着,晚上是不是要把这一桶酒喝完呢?他望着上士班长,上士班长没有望他,而是夹了一块白萝卜津津有味地吃了起来。

半缸子下去,上士班长话就多起来,又讲起了他的爱情。

"看见没?"他掏出一张磨得发白的照片,递到罗金斗的眼前说,"这就是你嫂子,跳舞的,身材超好,知道吧?比军里演出队那些女演员都漂亮,要是我不在部队,我们早成了,她喜欢我喜欢得不得了,要不是在部队,我老早就把她娶了,这会儿也是老婆孩子热炕头——来,咱俩再喝一个。"

频频举杯,罗金斗以为自己扛不住,可也真是奇怪,平时闻着酒都能醉的罗金斗那晚却是遇到奇事,那塑料桶装的二锅头倒进他的嘴里就像饮料一样,甜甜的,酸酸的,还带着醇厚的香味,味道真是美妙极了。

一放下缸子,他又想喝。看他端起来,上士班长也就端起来,大着舌头说:"金斗,来,干一个,喝一个。"罗金斗不说话,就是个喝。

一缸子下去,上士班长就开始前言不搭后语地重复。

他还要喝,罗金斗也想喝,就又一人倒了满满一杯。

上士班长瘫倒在地上,背靠着铁制的行李架粗重地喘气,偶尔喊一句:"我要和她结婚。"再喊一句,"喝,咱们再干一杯,我没一点事。"

锅里的肉和菜已经煮成囫囵的一团,在汤里咕嘟嘟跳跃。罗金斗操起筷子,夹一块排骨,抿一口酒,夹一块萝卜,再抿一口酒。肉和菜的温暖配上二锅头的香甜,真是无法诉说的美妙享受。他进行得有滋有味。

"你就知道吃。"声音传来的时候吓了罗金斗一跳。

他以为上士班长在批评他,赶紧放下筷子。看上士班长,他却正呼呼仰头大睡,分明地,刚才的声音是一个尖锐的女声,就算上士班长喝坏了嗓子,也不可能发出那种声音。罗金斗环视四周,努力寻找。

在几乎放弃努力时,却见上士班长手里照片上的"嫂子"直盯盯地望着他。罗金斗缓下一口气说:"嫂子你干吗这样看着我?"照片上的女人立马拉下脸来:"不要叫我嫂子,我跟你不熟。"罗金斗又抿了一口酒:"你跟我熟不熟不要紧,关键你是上士班长的媳妇,就理所当然是我的嫂子,这是我们部队的规矩,不叫嫂子是要犯错误的,你也不要不好意思。"

"我才没有不好意思。"女人说,"只是我和你这个上士班长根本就不认识,我也不知道他是犯了哪门子的神经,更不知道他从哪里弄来了我的照片,一年四季揣在身上,见谁就给谁说我是他的女朋友,实在不可理喻。"

"上士班长还说跟你亲过嘴,和你睡过觉。"罗金斗直言不讳。

"他胡说。"女人气得直跺脚,"你叫醒他,倒是问问,照片上的我叫什么名字,年方几何?他只是一个一厢情愿的光棍,不讲道理的光棍。"

"我才不叫醒班长,要叫你自己叫。"

"好,好,你不叫也好,但是捎话给他,请他不要成天把我的照片塞在他的怀里,也不要到处扬言和我在处朋友。他的所作所为已经严重影响了我的正常生活,污损了我纯洁的名誉。如果他还要继续这样分不清是非曲直,我就要施展我力所能及的报复,也让他为自己的言行付出代价。"

"你倒是不要在这里吓唬我,你们的爱情我无权干涉,我倒是希望你们终成眷属,给我们上士班长一份暖烘烘的爱情和一个幸福的家。"

"当兵的,你不要痴人说梦了,你们成天住在大山里,钻在坑道里,没有房子车子,没有花前月下,哪个女人愿意和你们共守寂寞,哪个女人愿意与你们一起清贫?醒醒吧,除了那些坚硬的石头,没人愿意走近你们的生活。我也奉劝你一句,要想收获爱情得到幸福,就早点脱下军装,离开这千重万重的大山,离开这冰冷坚硬的坑道,这简直就不是人待的地方。"

女人喋喋不休,罗金斗吃菜喝酒。

"外面的世界那样广阔,那样精彩,你们傻了吗,为什么要死死地守在这里?你想想,这里能够给你们什么,金钱吗,名誉吗,还是后半生里的某种承诺?什么都没有,但你们把什么都留在了这里。这真是不值当,你知道吗,像你这样的年纪在外面,或许已经开上了好车,住上了洋房……"

"你走吧,嫂子。哦,不,就算你不是我的嫂子,不管你是谁,请你不要再喋喋不休,请你赶快离开。你看吧,这汤一直在沸腾,它催促我了。请你离开吧,我要吃肉,我要吃菜,我还要喝班长的二锅头。"

储藏室里寂静了,咕嘟嘟的声音分外响亮,偶尔夹杂着罗金斗喝完酒后,军用缸子落在水泥地上的刺响。扭头看,照片上的女人归了位,端庄、秀丽,眸子里青春的气息却被磨损。她已经不是罗金斗的嫂子了。

命运无情地捉弄了一回刘和平,风钻有些幸灾乐祸。

班长、两个三等功,板上钉钉要提干部的路数。

刘和平信心满满,灿烂的笑容就像秋天里的菊花肆意绽放,根本就收拢不住。他也给家里写信了,说等着儿子的喜讯吧,再回来,肯定扛着一毛一的军衔。这种慷慨激昂的表达,让他们那个闭塞的小山村简直就要沸腾了。老刘家将要出一个军官,这个消息像鸡血一样营造出了难以压抑的膨胀氛围。

多年不走动的远房亲戚来了,说让刘和平当了军官也惦记着他们,家里还有三个男丁,什么时候也弄到部队上去吃碗"皇粮"。家里有年轻姑娘的爹娘来了,说最中意的就是军队上的人,如果不嫌弃,当下就可以让自己姑娘到部队去和刘和平订了终身。村里的班子成员也陆续来了,坐在刘家低矮的自制木凳上反复表述,希望刘和平事业有成也不要忘了造福家乡。那段日子太混乱,刘爸爸咧着嘴一桩桩就都答应下来了。一辈子求人,好不容易被人求了一回,已经心满意足,哪有不答应的道理?

老刘家人等着。等着肩扛一毛一军衔的儿子荣归故里。

刘和平等着,等着提干的一纸命令。

从年初等到年中,从年中又等到年尾。刘和平实在经不起煎熬,莽莽撞撞找到连里。指导员知其来意,面露难色,说:"你先坐吧。"

看到指导员取纸杯,放茶叶,倒开水,刘和平心里就紧张起来。当了多年兵,他心里最是清楚,若不是组织上有愧于官兵,领导定不会做出这么客气的举动。但他纠结着,不知道这回指导员客气的源头在哪里。

一说,果然是晴天霹雳。

提干政策变了。以前的硬杠杠是班长,两个三等功。现在又加了一条,必须高中以上学历。指导员说:"建设知识型军队嘛,这个也可以理解。"

刘和平理解不了。恰是这第三条将他挡在了提干的大门之外。因为受不了女同学没完没了的奚落,高二未完他就回了家,没能毕业。

刘和平的苦闷只有班里的战友们知道。他一天到晚闷在坑道里,提着风钻疯了一样吃着石头,风钻发烫了,他也不松手,狠狠地往里刺去。

战友们给他出主意。伪造一份高中学历塞进档案里,或者买点东西去领导家里走动走动。刘和平不拒绝也不采纳,每天仍是执着地猫在坑道里。渴了,拧开水壶盖咕嘟几口,累了,就地躺着睡上一阵。

这么多年，刘和平再没回过家。他没法给家里人交代啊。

九

排长调走了，到另一个连当指导员。

宣布完命令，上士班长就被教导员叫进了营部，老兵们说，想都不用想，肯定又是做工作让上士班长代理排长。这已经是第四次了。

罗金斗也希望上士班长代理排长，认为那也是他的荣耀。

出乎意料，从营部出来，上士班长脸上一片阴沉。罗金斗想着，可能如上士班长之前所说，他并不想代理这个排长，但是教导员找不到更合适的人选，强行要求他代理，结果谈不到一起，就不欢而散。

到底是代理还是不代理呢？罗金斗猜不出结果，心里着急，揣度着，上士班长是个老党员，即使不想揽那么多事，但是在关键时候，肯定还会听从组织的安排，和所有他知道的党员一样，各种各样的意见和情绪都可以有，但是最后，都服从了组织。这么一分析，他就认为上士班长代理排长已经是板上钉钉的事情。他灿烂起来，和上士班长的阴沉形成强烈反差。

等待祝贺上士班长的日子，却有另一阵风吹来。关于上士班长，那些老兵在议论着完全不同的版本，彻底颠覆了罗金斗一厢情愿的想象。

那日的现场是文书描述的。文书是一个喜欢添盐加醋的家伙。

上士班长进营部，教导员关门，文书沏茶端水。

"老刘啊，最近怎么样?"教导员和上士班长是同批新兵，他习惯称呼上士班长老刘。起初上士班长也喊他老姜，后来改了，和大家一样叫教导员。

"只要不让我代理排长，什么都好。"上士班长先入为主申明态度。

"代理排长的事咱先不说。"教导员把一纸杯茶水递给上士班长。

"那最好，安排工作我全盘接收。"上士班长接过纸杯。

"哪来那么多工作?"教导员坐下，从办公桌上的盒子里抽出一支烟，递给上士班长一支，点上，自己也点了一支。沉默，白色的卷烟纸被火星子一点点吞噬，变成袅袅轻烟，环绕在营部里。文书及时打开了窗户。

"晋升四级军士长的事不好办。"教导员缓缓地说，目光落在别处。

"嗯。"猝不及防，上士班长的神经被扯了一下。

"团领导也说你是个人才，但是四级军士长的指标有限，团长说了，但凡有一个富余的，肯定给你转，毕竟，你是咱工兵营的宝贝疙瘩，离了你，这好多工作还真是不好开展。该说的话我也都给团长政委汇报过了，但还是那句话，铁打的营盘流水的兵，走或者留，你都要做好准备。当然，我和营长的意思呢，还是希望你留下，工兵营成长起来个骨干也不容易。"

上士班长低头默默抽烟，并不插话。

"其实转业回去也未必不是一件好事,咱们营许多人回到地方上都干得不错,有当个体户的,有承包工程的,就凭你这坑道掘进的一身本事,只要肯卖力气,绝对差不了。现在这世道,就是要转换观念,适应环境。"

火星子燃到了过滤嘴,上士班长坚持狠狠地吸完几口才扔掉。

教导员再摸出一支,递过去。"虽说团领导那么说了,但这几年的形势你也知道,这个时候还不给准话的,基本是留不下来了,咱兄弟也不说见外话。今天回去也别进坑道了,把东西准备准备,也和家里人商量一下,到底选择转业安排工作还是复员拿一笔钱,提前有个筹划,免得到时候举棋不定。也别想不开,咱们身在部队,迟早有走的这一天,分个早晚罢了。"

上士班长狠狠地吸烟,自始至终再没有说话。

消息像风一样传开,上士班长年底就要离队了。

既然是从文书嘴里说出来的,罗金斗就没有怀疑的理由。他突然觉得很难受,也说不清是为上士班长伤心,还是为自己揣测的失算懊恼。

另一个班的上士班长代理了排长。井井有条,劲头十足。

上士班长彻底变了个人,颓废、沮丧。但他并没有接受教导员的建议,反而去坑道更勤了,上工时间就攥着风钻呜呜呜地吃着石头,休息时,就躺在坑道里发呆,一根一根地抽烟,直到自己吭吭咔咔要吐出来。

　　罗金斗心疼上士班长,嘴笨,也不知道说什么,就坐在他的边上,默默陪着。陪瞌睡了,一个激灵,上士班长还在烟雾里痴痴地发呆。

　　第一次收到远方来信,上士班长谁都没告诉,默默地看完,默默地收藏起来。第二封第三封同样。他显而易见的变化逃不出罗金斗的眼睛。

　　上士班长脸上的阴晦正在慢慢地退却,消散了,明亮了。

　　他走出了坑道,开始整理自己十二年的工兵生涯,他把自己早年获得的一大摞奖牌奖状细心地擦拭,装在一个纸箱子里。把各个时期的军装精简再精简,留下几套,说:"别看破破烂烂,都是与石头搏斗的见证。"他还把自己掘进坑道的记录本、图纸本整整齐齐装订到一起,说留给战友们,也省得再翻箱倒柜去查阅资料了。十二年的光阴,他分门别类逐一清理。也没有和家里商量,他自己做了决定,不要组织上安排工作,拿上一笔钱,轰轰烈烈出去创业,毕竟才三十一岁,青春的道路只是刚刚开了个头。

　　都以为是教导员做通了上士班长的思想工作,只有罗金斗知道底细,他谁也没有告诉,默默地看着上士班长的变化,打心眼里替他高兴。

　　有一回,或许是实在压抑不住内心的喜悦,上士班长拉着罗金斗说:"金斗啊金斗,我郑重地告诉你,我要和那个跳舞的女孩子分手了,我知道,那样会让她非常伤心,但是没有办法,每个人在美妙的爱情里都是不由自主。你知道吗? 我希望不伤害任何人,但也不想改变爱不爱谁的主意。"

"你另有新欢了?"罗金斗小心地问。

"你会不会觉得我三心二意?"上士班长红了黑色的脸庞,抽出钱包里已经磨出毛边的发白照片,对折,撕掉,再对折,再撕掉,最后撕成了拇指肚大小的一堆碎屑,手一扬,就被山里凛冽的大风带走了,七零八落。

上士班长说:"阿敏给我来信了,她崇拜并且喜欢像我这样的老兵,她承诺说愿意死心塌地地跟我一辈子。我想好了,一辈子不能困死在这山沟沟里,教导员说得对,外面的世界很大也很精彩,我要转换思路,出去闯一闯,跟阿敏一起,我坚信我能干出名堂来,我要拿青春再赌上一把。"

罗金斗没有问阿敏是谁,上士班长也没有详细说。

他还说:"你现在还小,总有一天你会明白,我不是你想的那样。"

罗金斗望着那些零落在山脚下的照片碎屑,一句话都没有说。

上士班长的秘密就是罗金斗的秘密。

上士班长却并不知道罗金斗的秘密。

十

"给你一张过去的CD,听听那时我们的爱情。"

压轴的女歌手一蹦一跳惊艳出场,礼堂里再次响起震耳欲聋的掌声。"战友们,谢谢你们。"说完,女歌手又开始唱,"有时会突然忘了我还在爱着你,再唱不出那样的歌曲,听到都会红着脸躲避——"

大步流星走到聚光灯下,女歌手的五官清晰如画。

怎么是她?罗金斗想起了上士班长撕碎的照片里的那个嫂子。不可能不可能,他搓一搓眼睛,睁大了,唯恐看不仔细。女歌手又出离了聚光灯,一会儿转圈,一会儿扬起胳膊,一会儿半跪在舞台上。各种姿势,活力四射。

罗金斗收回恍惚的思绪,把注意力集中在怀里的那捧格桑花上,又紧张起来。冲上去,冲上去。他给自己鼓劲加油。他担心自己败下阵来。

"因为爱情不会悲伤,所以一切都是幸福的模样。"

握着格桑花的手出汗了,浑身燥热,罗金斗的内心鼓荡挣扎。一个声音说:"你太大胆了,这个时候怎么可以冲到舞台上去?几千个官兵在下面,团长也在下面,上舞台容易,下来怎么办?"另一个声音很快盖过了前一个:"上啊,你还等什么,你要当懦夫吗,你要给自己留下遗憾吗?"

闭上眼睛,罗金斗跟跟跄跄冲上了舞台。

在经久不息的掌声里,罗金斗思维混沌,只感觉耳边阵阵轰鸣。

罗金斗走得急切,竟一下子冲到了舞台中央的聚光灯下,明亮里,他找不到女歌手了。四下张望,台下,黑压压无数个脑袋翘首以待,台上,黑乎乎一片。掌声停了,礼堂里的喧哗突然跌进深邃的寂静。罗金斗有些慌张。

"因为爱情怎么会有沧桑,所以我们还是年轻的模样。"

歌声是唯一的希望。台子上,他终于看见了从黑暗里走来的女歌手,她仍在欢歌,激昂地、动感地。聚光灯下的罗金斗颤抖着,使尽全身力气压制住自己亢奋的呼吸。女歌手也走到了聚光灯下,微笑地望着他。

罗金斗忘了献花。他扑上去,紧紧地把女歌手拥抱住。一大捧花抓在手中,垂在胯际,格桑花们就像一群受了惊吓和委屈的孩子。罗金斗的另一只手环在女歌手的腰上,用力,再用力,他把她紧紧地箍在了身体上。

罗金斗嗅到了女歌手身上浓烈的香水味,她的腰身很柔软,罗金斗的劲使到哪里,她的腰身就随到哪里。女歌手开始还在微笑,勉强地微笑,接着,她就感到不大对劲,想抽出身来,可使劲,全不管用,罗金斗拿格桑花的那一只手也环了上来,如同缰绳一般牢牢把女歌手捆在他的身体上。女歌手越是用力,他就捆得越紧。女歌手有些窒息了,面部狰狞。罗金斗也是大汗淋漓,身上,额头上,都湿漉漉的,头上的汗水一滴一滴汇到一处,顺着下巴落在女歌手的肩膀上,继而从肩膀顺流直下,浸湿了女歌手的胸脯、小腹,继续勇往直前。胳膊上的汗水从手掌流到格桑花的花茎上,汩汩汇聚到花瓣,滴落在女歌手的腿上,顺其自然,落在脚面。

女歌手痛苦地呻吟、挣扎。罗金斗不管,他将脑袋深深埋在女歌手的肩膀上,闭着眼睛,看似睡着了。远远看去,他们就像相依相偎的一对恋人,可又从女歌手的狰狞里看出极大的不和谐。礼堂里有些混乱了。

罗金斗刚走上台子,大家以掌声起哄,他们大多不认识罗金斗,把他看作一个爱出风头的兵,很快,他们就发现不对劲,跟随着罗金斗发了疯一样的一举一动,他们屏住了呼吸,一切都出乎了最大胆的想象。几千个人都愣住了,张大了嘴巴,被动等待罗金斗慢慢地把他们带入。

大家清醒过来发生什么事情的时候,第一时间,都齐刷刷地把目光投向了团长。如果团长腰里有枪,他们百分之百相信,团长会毫不犹豫地站起来拔枪,然后果断地把子弹射向胆大妄为的罗金斗。可是不敢确定,在百余米之外,团长能否把花生米大小的子弹射进罗金斗身体而避开女歌手。

团长同样惊愕,他和大家几乎同时迟缓地反应过来。

他气急败坏,站起身来,却不知道要说什么,就那么站着,像往常一样在无声中彰显着自己无与伦比的权威。可是当事人罗金斗把脑袋和眼睛都深埋在女歌手的肩膀上,并没有看团长,团长的威严自然无从体现。

纠察们看到团长了,也读懂了团长的震怒和意图。

四个粗壮精干的小伙子,飞奔着上了台子,不由分说,抓住四肢就把罗金斗和女歌手拆分开了。撕开刹那,罗金斗似乎才从梦境里醒来,他挣扎,却无济于事,在人高马大的纠察手里,他的扑腾就像小蚂蚱一样无能为力。他睁大了眼睛,第一次真切看到了聚光灯下花容失色的女歌手。她已经吓哭了,瑟缩一团,惊慌失措。她木愣在原地,不知道要干什么。

"嫂子"。罗金斗声嘶力竭地哀号着,声振屋瓦。

罗金斗看清楚了,女歌手就是上士班长照片上的嫂子。鼻梁、眼睛、眉毛、嘴巴,就连眼角的芝麻小痣都丝毫不差。他坚信女歌手就是嫂子。

女歌手还陷在恐慌里,礼堂已经炸了锅,她听不清罗金斗喊什么。

"抬出去,快抬出去,真是个疯子。"团长气急败坏,如果近在眼前,不论如何,他都要扇上罗金斗两个大耳光。这可是军区文工团小分队的慰问演出,竟然有兵在此场合下耍流氓,传出去简直不知道要如何收场。

团长一喊,四个纠察更加坚决。

他们架起罗金斗,就像抬着一副担架,铿锵地出了礼堂。罗金斗手里的一大把格桑花早已被打落,乱七八糟撒在舞台上,被纠察踩得一片狼藉。

"嫂子,嫂子——"

罗金斗始终没有放弃挣扎,也始终没有挣脱束缚。

礼堂里再次响起热烈掌声。没有理由,莫名其妙。

深山阔叶林的叶子开始变黄,随着一阵阵的秋风,扑簌簌地下落,再有两个月,等这片阔叶林萧瑟成孤零零的树枝时,上士班长就该回家了。

该准备的都已经准备得差不多,上士班长无事可做,就整天领着罗金斗的丽丽在营区里兜圈子,有太阳就晒晒太阳,没太阳就在阴风阵阵里走上几公里。丽丽勤快,上士班长走到哪里,它就亦步亦趋跟到哪里。

除了陪伴丽丽,上士班长每天要写一封信。当然,远方的来信也很多。谈了什么罗金斗不得而知,或许一切的内容都挂在上士班长喜气洋洋的脸上。快乐是美容剂,半月时间就将上士班长脸上的皱纹撕扯得平平整整。

提出最后一次进坑道的时候,营里破例为上士班长组织了告别仪式。

一面党旗挂在坑道口部,上士班长重新宣誓了对工兵事业的忠诚，教导员专门从团里请来了摄影干事，给上士班长留了影，说是要发到军区的报纸上，重点就是报道一个老兵退伍不褪色的光荣事迹。

上士班长很高兴，他潇洒地提起风钻，表态说要站好最后一班岗。

班里的十个战友和以前一样，扛着家伙跟在上士班长后面，大步流星朝着深远的坑道里走去，就连那些威风凛凛的石头见了他们，也不敢大声出气，瑟缩成卑微的沉默，耳边只有渗水滴落在水槽里"滴滴答答"的声音。

"兄弟们，开工了。"上士班长甩掉上衣，大声喊着。

"开工喽——"大家都甩掉了上衣。

"呜呜呜——"上士班长熟练地操起了风钻，刺进了石头坚硬的胸膛。最后一回了，上士班长非常珍惜，每一个孔他都钻得非常仔细，打好了，"呜呜呜"地再钻一遍。这一回，比任何时候打的孔都更加圆润和饱满。

一个，两个……上士班长把孔打得密密麻麻，一个都不会少。

"装药喽。"上士班长退下来。中士把黑色的火药一孔一孔灌注。

"仔细点，不要有遗漏。"上士班长仍然尽心尽责。

以前就发生过灌注遗漏的问题。孔打够了，但是有的没有灌注炸药，结果一次爆破之后，作业面没有有效破坏，还得重新再来，推延工期不说，还浪费了炸药。所以上士班长每次都要特别叮嘱一下。

"没问题。"中士比往常更加仔细。

"退后退后。"上士班长大喊一声,大家就都隐蔽起来。上士班长点燃了长长的引线,自己也躲到了安全地带,罗金斗在远处看到,纤细的引线被明亮的火苗一点点地吞噬掉,打着滚扑向石壁上的八十一孔炸药。

天呐,装炸药的箱子怎么还留在作业面下边?罗金斗第一个发现了问题,他第一反应是跃出掩体,要冲上去搬炸药箱,可是已经来不及了。

轰——

剧烈的响声把罗金斗炸蒙了,如同被人用铁锤在头上重重一击。很久,耳朵里还嗡嗡嗡地响着。坑道被腾起的灰尘填满,传出一阵阵剧烈的咳嗽声。

"救我,快救我——"

灰尘里,上士班长的喊声凄厉而刺耳。

罗金斗第一个在混沌里摸了过去,首先摸到的是上士班长的两只手。

"班长,班长,你没事吧,我是金斗。"

"金斗,快救我。"上士班长急切地喊道,嗓子已经刺破。

罗金斗抓着上士班长的手使劲往外拽,却不起作用,只传来班长撕心裂肺的哀号。忍忍班长,很快就好了。烟尘落下,借着微弱的光线,罗金斗绝望了,他看到上士班长身上压着一间房那么大的巨石,胸部以下,全都压在巨石之下,只露出挣扎的头部和拼命刨着石头地面的两只胳膊。罗金斗哭了,他知道无论如何,上士班长都不能活着出来了。

"班长,忍一忍,很快就会好的。"罗金斗跪下去搂着上士班长。

"快拉我出去。"上士班长扭过头去,看见了望不到顶的巨大石块,可他不甘心,还是呼喊罗金斗拉他。上士班长心存着活下去的侥幸。

"好的班长,好的班长。"罗金斗趴着,抓着上士班长的两只胳膊,无力地拉扯着,他想尽其所能,却明知起不到任何作用。他号啕大哭起来。

血液从身下慢慢渗了出来,浸湿了上士班长的胸脯,浸湿了上士班长的下巴。他舔一口,伤心地说:"血都快流完了,我活不了了。"

"会活的,你忍一忍。"罗金斗抓起沙土,去堵上士班长身子里喷出来的血,来不及,他就用自己身子把地上的石灰粉拥过去,几乎埋掉上士班长。

整个过程里,上士班长都在呜呜地哭泣。

罗金斗也哭了,他真的不想就这样看着上士班长死掉。他伸开双手抱住了上士班长,上士班长的头顶着他的头,上士班长的头是那样烫,像个烧透的铁疙瘩一样,淋漓地滴着汗水,和着眼泪一起"滴滴答答"掉下来。罗金斗分明觉得,那不是汗水和泪水,而是血水,上士班长终究要被这样耗干。

"不哭了,会好的。"罗金斗哭泣着抚慰上士班长。

"我知道我要死了。"上士班长不断地哭泣,"我不甘心,我当了十二年兵,却没有当上干部,我三十一岁了,连女孩子的手都没有摸过。"上士班长悲哀地说,"阎王爷都觉着我活得没意思,要把我收回去了。"汗水和泪水仍在流淌,上士班长越来越虚弱了,可他不甘心就那样死去,挣扎着,挣扎着。

"我都摸到提干的边了,可就是没提成,这是命。"

"一辈子没有女人也是命。记得那张照片吗?也是假的,十年前,文工团来演出,我弄了一张歌唱演员的照片,把她想成我的女人,真是可耻啊。"

"金斗啊,金斗,你在哪里?"

"哎,班长,我在这里,我就在你跟前。"

"我就要死了,可我不甘心啊,我没有提干,也没有女人。"

"你不会死,不会死。"

"我不甘心啊——呜呜呜——"

一切都静止了,尘埃里,只剩下罗金斗凄厉的哭泣声。

十一

工兵营的党委会一直开到了大半夜。

"能不能再考虑一下?营长有些为难,毕竟是个老实孩子,再说也是在那种环境下一时起意,批评教育一下算了,可不能就这样把他毁了。"

"同志啊,你还讲不讲政治?"教导员拍着桌子说,"你没看团长都气成啥样了,他专门叫咱俩过去说要杀杀歪风邪气,起到杀一儆百的作用,不严肃处理罗金斗,怎么向团长交代,怎么向军区文工团交代?"

"可是,又处分又关禁闭是不是太重了?"

"就这样,这是党委会的决议,不能随便更改。文书,文书。"教导员站在营部大声呼唤。"哎。"文书惊慌失措地跑了进来,揉着惺忪睡眼。

"明早通知各连早饭后开大会,宣布处理罗金斗意见。"

"是。"文书敬礼,退下。

天上的星辰还没有退尽,太阳就跃跃欲试地跳了出来。

"向右看齐,向前看,报数——

"今天不留小值日,开完会后再打扫卫生——

"我再强调一下会场秩序——"

八点钟刚过,一队队人马就早餐完毕,在食堂门口各自整齐列队。值班干部在队列前一遍遍宣布会场纪律,氛围肃杀,庄重窒息。

"报告教导员,没有找到罗金斗。"

"再去仔细找,宿舍,饭堂,厕所。"

"都看了,没有,宿舍人说一大早就没有见到罗金斗。"

教导员警觉起来,带着文书来到院子里。一队队人马唱着雄壮的歌曲鱼贯而入,带队干部给教导员敬礼,教导员视而不见。

问内岗:"看到罗金斗没有?"

"一大早就提着风钻出去了。"

问外岗:"看到罗金斗没有?"

"一大早就朝着坑道的方向去了。"

教导员又带着文书跑到坑道里,老远,就听到"呜呜呜"的风钻声。

"罗金斗,快出来,到俱乐部开大会。"

里面没有回应,只有"呜呜呜"的风钻声。

"罗金斗,我看见你了,快出来——"

教导员和文书往里走,再往里走,一直到了顶头,却连人影都没有,只有越来越清晰的风钻声。"呜呜呜","呜呜呜",声声入石,尖锐刺耳。

小黑退役记

很多年后,劳碌一天的小黑横卧在甘肃黄土塬毒辣辣的太阳下面,一边吐着柔软的长舌头喘气,一边还在想着十多年前在巴南深山里度过的那一年时光。那时候的小黑还很健硕,黑色的皮毛亮闪闪地紧贴在线条分明的身体上,每日里都昂着头大步流星骄傲地行走在山间的小路上,渴了喝一口清泉,饿了啃几口绿叶;那时候的小黑脖颈上没有笼头,迈着强健的四蹄,它走上山巅下到河流,偶尔还伫立在路边与那些过路的异性鼻息相通;那时候……一声响亮的皮鞭声将小黑从梦想带进现实,它眨一眨迷蒙灰暗的双眸,似乎使出全身的力气,才痛苦地、艰难地,用四条颤抖的细腿支撑起瘦骨嶙峋的身体,却未站稳,轰然倒地,又是连续几声响亮的皮鞭声,在激起的一片尘土里,小黑一番折腾,终是咬牙站了起来。"喝——起——"在一连串的皮鞭声中,小黑迈着沉重的脚步再一次踏进了坚硬的黄土地里,它的身上套着犁铧,身后是左手执犁右手握皮鞭的主人,犁铧深深地犁进坚硬的黄土里,小黑吃力地前行着,它感觉到身上的背负有千斤万斤,即使曾经光滑如缎的鬃毛被磨秃了,即使曾经饱满如今干瘪的背上被磨得血肉模糊,它也不敢放慢脚步,那刀剑一样锋利的皮鞭不知道什么时候就要带着呼呼风声落到背上。抬头望一眼毒辣辣的太阳,小黑盼望着今天快点结束;向前望一眼广袤的黄土塬,它真不知道这日复一日的苦难什么时候是个头。它悲哀地意识到,一生是逃脱不了这无穷无尽的劳碌了,它绝望地意识到,此生无论如何再也不能回到青山绿水的巴南军营。

最早的时候,小黑就出生在甘肃定西一片叫作"干沟"的黄土塬上。过了一岁,它就是一头漂亮壮硕的牲口了,扬着娇嫩的蹄子走遍了干沟地界的沟沟坎坎,有时闲庭信步,有时撒欢狂跑,没有到上笼头的年龄,也没有到干粗重农活的年龄。它尽情享受着年轻带来的快乐,就连那些同宗的骡子和马也向它投来艳羡的目光,它不理它们,它总喜欢和一头花白相间颜色的小奶牛厮混在一起,它喜欢小奶牛的温顺,它喜欢小奶牛的饱满。它领着小奶牛站在土塬上看干沟的万千沟壑,它领着小奶牛吃秋天里一片红莹莹的枸杞和酸枣,它有意无意和小奶牛耳鬓厮磨,对于那些旁观的小动物,它会毫不客气地尥蹶子驱赶它们,见小黑来,那些动物就作鸟兽散,它们对小黑的惧怕就像小黑对小奶牛的喜欢一样已经不可自拔。

第一次搭上笼头的时候,小黑惊慌失措极力逃脱,却被缰绳紧紧地勒在了树桩子上动弹不得,与生俱来的桀骜不驯被牢牢禁锢,小黑高高昂起的头颅里滋生的不仅仅是怨恨,但没有丝毫的办法,它只能任凭摆布地套着一辆拉粪的大车,低头走上坑洼不平的土路,奋力向前,走过一个个沟,走过一道道坎,然后在黄土塬上停下,把大粪扬撒在贫瘠的土地里,返回,又开始新一趟的运载。无数次的折返里,它看到了那些比它更年轻仍在自由自在的骡马,它看到了那已经跟别的驴子耳鬓厮磨在一起的小奶牛,它还看见那些大摇大摆徜徉在它前进道路上的小猫小狗,它已经没有力气向它们尥起骄傲的蹶子,它只能任凭它们无拘无束逍遥自在。

小黑是在早上主人又要给它套上笼头的时候逃跑的,休息了一个晚上后,它的精力已经恢复,它的腿脚依然有力,它的尾巴能像翅膀一样坚挺地伸展,它夺门而出,跳上山梁,奔向土路。它沿途又看到了含情脉脉的奶牛,它愤怒地冲向了那些早起的猫猫狗狗,它把积压已久的愤怒和张扬毫无忌惮地泼洒在寂静的黎明。当一群人逐渐逼近的时候,小黑慌张了,它理所当然知道人们要对它做什么,它似乎已经能够想象自己即将面对的痛苦和绝望,它双腿颤抖,身体剧烈痉挛,它想着,自己是不是要被处死。

小黑没有被处死,人们用绳子将它牢牢捆扎起来的时候,罗班长出现了。罗班长拨开人群,站在已经浑身战栗的小黑面前,掰嘴看看它的牙,捏一捏它的脊背和腿,然后大声宣布说:"好,就是它了。"小黑不知道发生了什么,那天中午吃过一顿丰盛的大餐后,它就跟着罗班长出发了。

身后是指指点点的人群,是深情凝望的小奶牛,是那些眼睛里神情复杂的猫猫狗狗。小黑不知道它要去哪里,一路上那个罗班长只是一遍遍回过身来抚摸它,对着它笑,却不能打消小黑的疑虑,它已经没有了逃跑的勇气和信心,就跟着罗班长的缰绳一蹄接着一蹄往前走着。

其实有一点需要补充,那就是小黑此时尚不叫小黑,它只是甘肃黄土塬上千万倔驴中的一只,无名无姓,只是为了便于叙述,我们提前就把它叫作小黑,它真正拥有这个响亮的名字,还是在走入巴南军营之后。

走了很多天,罗班长才把小黑带到巴南军营,一路上甚是辛苦,好多次,小黑都以为疲惫不堪的罗班长要一抬腿骑到它的身上,甚至已经做好了反抗的准备,但罗班长没有,顶多倚在它的身上借一下力。即使这样,小黑依然对罗班长不信任,它最不愿意罗班长是炊事班长,它既惧怕又不敢相信自己千里迢迢来到巴南军营就是变成一顿美味。

一进入巴南山区,小黑的心情就明朗起来,清清的流水、绿绿的树叶、叽叽喳喳的小鸟,这些都是它在甘肃的黄土塬上不曾见到过的。多日无言的罗班长此时也明快起来,对着小鸟打一声呼哨,对着热乎乎的脑袋撩一把清水,也扯开嗓子吼一串哥哥爱妹妹的小调。小黑听

■ 远远的天边有座山

■ 218

不懂罗班长唱什么,却能看明白罗班长脸上的欢快和高兴。此种氛围也感染了小黑,它虽然还惦记着远在家乡的小奶牛,还忧心着自己此去的前途,却有了片刻的悠然,它的世界里没有希望和失望,只有满目苍绿和流水潺潺。

翻过一座座山,跨过一条条河,过了一块立着"军事禁区"的界碑后,罗班长开始收起吊儿郎当的松弛,洗净脸庞,正好衣冠,一板一眼往山里走。小黑觉得罗班长忽然间像变了个人,它在后面脚步跟得有些凌乱,却不敢分外放肆,谨小慎微地挪着蹄子。走过一段木板小桥,罗班长脸上瞬间就洋溢出喜悦,顺着罗班长的笑容望去,前面一个拐弯处,一溜儿军人急不可待地望向这边。"到了到了——"有人兴奋地喊了起来。

紧凑的锣鼓声响起来的时候,小黑吓了一跳,转身就想跑,却被罗班长一把搂住了脑袋,罗班长一边抚摸着它,一边冲着人群喊:"可不敢敲,吓惊了就追不上了。"众人遂放下锣鼓家伙,手足无措地兴奋着,与陌生而又拘谨的小黑热情对望。一个瘦高个的老兵捧着一朵红花系到了小黑的脑袋上,大家鼓掌,却又觉不妥,稀稀拉拉停下,开始爱惜地抚摸小黑,有的摸脑袋,有的摸脊背,有的摸尾巴,小黑痒痒的,却怪舒服。就这样,小黑在众人的簇拥下来到了新家——一个排级建制的偏远哨所。

哨所千里迢迢把小黑请来并不是为了像小黑担心的那样把它当

小黑退役记

219

作桌上餐，而是让它发挥优势进行短途运输。哨所扎在山沟里已经几十年了，由于山高林密，地势险要，这些年里，方圆数十里的其他哨所先后通了路、修了桥，各种生活补给车辆开进开出，唯独这个能够伸手摘星星的星河哨所没有变样，每周末，哨所官兵都要走上十几里，到能够通车的地方背煤炭、背米面、背蔬菜。时间一长，官兵们苦累不说，个个都背成了"小罗锅"，虽然经常贴着墙根高强度练军姿，但一个个玉树临风的小伙子背部的曲线还是不可逆地弯曲了起来，即使这样，每周一次的"背山"却不曾停止。

　　上个月，一位到此视察的将军跟着官兵们一起"背山"，回来后将军就掉了眼泪，动情地说："想不到都这个年代了我们的官兵还这样辛苦。"将军一心想改变这种现状，但对策想了一大堆，没有一个能实施，哨所的地理位置决定了官兵要吃苦受累。站在星河哨所的口部，将军望着蜿蜒曲折的羊肠小道，颇为无奈地说："实在不行，就给哨所配一头毛驴，这样也能把官兵们解放出来。"一句话把小黑的命运和哨所紧紧绑在了一起。

　　只几日，层层签字的命令就下到哨所，要求"立即购买健硕毛驴一头，以解官兵运输之苦"，几经挑选，入伍前有过饲养牲畜履历的罗班长挑起大任，回甘肃老家找驴。历史的大事件往往在不经意间发生，小事件更是如此，就在小黑昂头逃脱牢笼奔跑在山间小路上的时候，它做梦都不会想到，命运的另一扇门已经悄然为它打开。那一天罗班长早起跑步,与迎面而来的小黑对视,小黑的桀骜不驯令他欣赏,那一刻他已经打定主意,就是它了,这个奔跑在黄土塬上的骄傲家伙,他要把它带回巴南军营。当小黑还在奋力挣扎恐惧虐待的时候,它已经是一头带编制的军驴了。

吃过一顿饱满香甜的晚饭,小黑躺在铺满麦草的棚子里,像做梦一样感到新鲜。它能听到风声,能听到鸟叫,还有小河里潺潺的水流声。如同这个星河哨所的名字一样,天上的每一颗星星都近近地挂在眼前,似乎小黑一昂头就能碰到,它好奇地昂起头来,站起身子,星星却像挑逗它一样,永远那么近,却又永远够不着。青春洋溢的官兵也很友好,他们忍不住好奇,利用晚上训练的间隙,三三两两跑来看小黑。他们给它带来新鲜的蔬菜和水果,喂它吃完,然后站在近处品头论足,小黑也静静地端详他们。

几天时间里,小黑都像明星一样,受到官兵们的宠爱与欢迎。官兵们根据小黑的身高体重,又把棚子修整了一番,麦草加厚了,围栏放低了,出入的门上还挂上了鲜艳的中国结,贴上了喜庆的对联,上联"千里迎宾进门一家人",下联"同甘共苦哨所写忠诚",横批"互敬互爱"。小黑望着红红绿绿的装饰也很开心,它觉得这比黄土塬上主人家里的厅堂一点不差。官兵们还轮番地搂着小黑合影,小黑开始还有些惧怕,不知道这些生龙活虎的小伙子咔嚓咔嚓要干什么,待看清楚数码相机里自己的容颜后,便放松许多,甚至非常配合地做出舔舌头抬蹄子等亲昵的举动,官兵们更是欢喜,先前照过的还要再照一次,小黑来者不拒,它像战友们热爱它一样,热爱着这里每一个和善友好的战友。随后几天,官兵们与小黑的合影就一张张贴在了棚子的柱子上,欢乐和幸福就那样一张张定格在小黑的世界里。每一个黎明和傍晚,小黑都会端详着那些照片,咀嚼突如其来的幸福与温暖,也是在那个时候,战友们七嘴八舌给这头甘肃黄土塬上的驴取了"小黑"这个名字,从此"小黑"登册造籍有了官方称呼。

按道理,小黑既然已经到了哨所,就要跟着官兵走山路背物资,但官兵们本着"有朋自远方来不亦乐乎"的诚挚热情,前两周里并没有带上小黑,反而在庞杂的负重之外,还给小黑带回新鲜的绿草和树叶。小黑甩着黑缎子一般华丽的尾巴对这些大汗淋漓的战友表示感谢,战友们在罗班长的指导下已经知道小黑的肢体语言,一个个摸着它的脑袋说"不客气"。

哨所不大,事情却很多,官兵们从早到晚少有闲着的时候。哨所最高首长是哨长,中尉军衔,是陆军学院毕业的优等生,下面三个班的班长也是各有所长,一班长体能好,二班长琴棋书画样样精通,三班长稳重踏实,与大家也算老熟人,想起来了吧?对,就是带小黑来哨所的罗班长。哨所虽是巴掌大的地方,官兵们的每日生活却被安排得满满当当。方圆一公里的险要地段有或明或暗的四个哨位,每个哨位都是双岗,也就是说,每次都要同时有八个人站哨。官兵们还雷打不动每周搜山,确保营区周边绝对安全,搜山的时候周内是走小圈,多则五人少则三人,周末走大圈一般都要十个人以上,除此之外农副业生产、训练教育,也是一样都不落下,所以看着人挺多,却都是两眼一睁忙到熄灯,哨所的日子就这样热闹充实。

小黑不是笨驴,打从走进这深山哨所的第一天,它就明白干什么来了,当然,它之前还处在深深的忧虑中,人说天上龙肉地上驴肉,它最怕一来就被抽筋扒皮下油锅上砧板,但明白干什么后,心里就坦然了,那是一种死里逃生的豁然开朗。尤其受到官兵的种种礼遇之后,它更加地感到幸福,心里想着:自己不就是一头驴吗?竟然受到官兵们的如此恩宠!这是甘肃黄土塬上的驴们包括人们谁也不会想到的,小黑甚至想着,就算它在黄土塬上的主人进了哨所,也不会享受到这种待遇的,别说待遇,这壁垒森严的哨所,他就是想进来都不可能,如此想,小黑就有些飘飘然了。

顿顿饱餐,万千宠爱。小黑心里也有数,总有走上工作岗位的一天,但一天两天,一周两周,官兵们夜以继日汗流浃背,却没有人提起让小黑干活。站在棚子里无所事事的小黑有些待不住了,更确切地说是有些不好意思了,同是服役,官兵们争先恐后,它却好吃懒做,它怕给官兵们留下不好的印象,让他们误以为它是头懒驴,于是昂起脖颈啾啾地叫了起来。官兵们以为它饿了,加一把饲料,送几片叶子,善意地拍拍脑袋就走了,可小黑还是叫,排长就让人叫来正在站岗的罗班长。罗班长笑着说:"小黑待不住,着急参加任务呢。"排长高兴地说:"倒挺积极嘛,那好,明天下山背物资就把小黑带上。"听到这个消息,小黑昂着头兴奋地频频致意。

周末的背物资正好轮到罗班长的班,早上八点钟吃完早点,罗班长带着班里九个人准时出发,他们要赶在十点钟之前回来,接替二班的哨位。下山的路顺着一条自流河蜿蜒伸向山下,很窄,只能容得下一个人走过,罗班长在最前面带队,副班长落在最后面照顾小黑。这条路小黑并不陌生,去哨所报到的时候它就是在惊恐中从这里过去的,故地重游,它仍然是陌生而又新奇的,新奇于脚底的流水潺潺,也新奇于头顶的莺歌燕舞。

半个多小时赶到山脚的时候,物资采购中心的卡车已经到了,米、面、蔬菜、肉、调味品,东西一件件从车上卸下来,官兵们人手一份,有的扛在肩上,有的背在背上。卡车离去,大家弯着腰往回走,这时小黑又开始哞哞地叫起来,罗班长这才意识到,小黑此来是专门背东西的,而不是陪着大家游山玩水,大家都把小黑给忘记了。罗班长赶紧让两个瘦弱的战士各卸下一袋米一袋面放在小黑的背上,小黑这才满意,嘚嘚地炮着蹶子,沿着曲折小路向山上跑去。四条腿毕竟快,罗班长一个劲在后面喊"慢点,慢点"。小黑听见了罗班长的呼唤,却并不放慢脚步,第一次干活,它要让官兵们看一看它超强的战斗力,也要展现一下吃苦耐劳的本色,和在家里一皮鞭一皮鞭的苦难相比,这样干活

小黑退役记

当然是小黑非常喜欢的。

小黑的遥遥领先带动三班官兵大大提高了速度，大家追着小黑的脚步一鼓作气往山上爬，不知不觉发现归队时间比以前整整早了二十分钟，拍打尘土洗手漱口之余，还能留出喝口水的时间，再不像以前急匆匆赶去换哨。罗班长摸着小黑汗涔涔的脑袋说："还是小黑厉害，提高了我们的战斗力。"其他战士也说，按照小黑的拼劲和干劲，年底一定要给立个三等功。见如此评价自己，小黑心中格外高兴，沁着汗珠的黑色鬃毛在阳光照耀下闪闪发亮。

就这样，小黑正式走上了工作岗位。小黑原本想着，排长和战友们会不会给自己搞个正式入职的仪式，毕竟这对于一个从黄土塬上走来的驴子是一件大事。但一个星期两个星期，山上山下来来回回跑了十几个来回，也不见排长动议仪式的事情，小黑想着，排长日理万机，或许没有想到。想示意罗班长给排长提个醒，但思来想去怕留下不好的印象，同样作罢。加之时间已经过去许久，这件事情在小黑的脑子里也就渐渐淡忘了。

相比于官兵们来说，小黑算是哨所最为轻松的一位，平时在棚子里看日出日落，听四季轮回，只有到周末的时候，才跟着一班人马把山下的物资背回来，然后又等着下一周，不像在黄土塬上的时候，有拉不完的粪土，有耕不完的坚硬土地。只几个月的时间，小黑在顿顿饱餐和青山绿水的滋补下，日渐一日地壮硕起来，和之前的轻盈灵活相比，它现在可以背负两百斤重物健步如飞,也可以毫不费力地撞断一棵小树,它能明显感觉到自己的力量在全身奔涌着,甚至能听到肌肉跳跃生长的声音。

每一次走过哨位边上军容风纪镜子前面的时候,小黑都要停留一下,它喜欢上上下下打量一番,它由衷喜欢镜子里的自己,它为自己的健壮和美丽感到骄傲和自豪。闲来无事一张张扫视那些贴在棚子上的照片时,它心中有一种深深的憧憬,希望战友们再给它拍一回照片,不像上次那样,像个玩偶一样呆呆站立,它要拍一张奔跑跳跃的,拍一张前蹄高高扬起的,拍一张负重疾驰的,拍一张矗立河边的……脑子里,它高大伟岸的形象一帧帧定格,是那种专业相机拍出来的人像特写,而它,总在照片的最中央,结实的肌肉,漂亮的皮毛,明亮的眼睛,它的每一寸肌肤就是一个关键词,共同铸就一张张经典和传奇。小黑盼望着那样的一天,有战友说:"走,小黑,咱们拍照去。"可自从初来那次之后,再没有战友为它拍照,他们似乎已经遗忘了它,他们也有周末拿着相机合影留念的时候,但他们叫的是张三李四王麻子刘疙瘩,一回也没有叫过小黑,他们只在运送物资的时候说:"走小黑,干活去。"小黑感到深深的失望,它只能一遍遍浏览之前的照片,就连那些照片也在风吹雨打中慢慢变黄褶皱。有一次小黑实在憋不住,就向罗班长示意了想拍照的心思,不想罗班长只是笑着拍拍它的脑袋,并没有给一句表态的话,也没有了下文。小黑其实理解罗班长,他自己并没有相机，也不好意思向别人开口，所以爱莫能助。

小黑尽量调整好自己的心态，它在老家的时候常听主人感慨人生不如意十之八九，掌管世间的人尚且那样，天生任凭驱使的驴就更不必说了。小黑给自己定下标准，每周只要有一件值得高兴的事情，就判定自己是幸福的，还好，这样的要求并不算过分，所以小黑少有不幸福的时候。

夏天的巴南山区分外溽热，大太阳呼哧呼哧照在头上，就算是湿润的地皮也要沁出一身汗水来，风却被重峦叠嶂的山挡在山外，就连最高树木的叶子也是纹丝不动。小黑和战友们走一趟山路回来，身上的汗水就像泉水一样沿着汗腺汨汨流出。卸下物资，官兵们纷纷端着脸盆到洗澡间里冲凉。按说哨所边上就是一汪泉水，是最好不过的泡澡去处，可这山泉皆是高山上的融雪水，千年冰冷聚于一处，即使地表温度达到四十摄氏度，那河中流水也是冰冷刺骨，裸手洗几件衣服手也会被冻得疼痛麻木。以前官兵们不知道其中厉害，大多在里面尽兴祛热，不想几年后纷纷罹患风湿，痛苦不堪后悔不迭，之后再无人敢下到河水里，哪怕大热天也要在洗澡间里冲热水澡。战友们用热水冲掉满身汗臭的同时，小黑却钻在棚子里忍受着溽热的煎熬，以前还都能忍受，这一回似乎分外地让它感到焦灼和痛苦。小黑历经一番思想斗争之后，决定不再忍受，它的咴咴叫喊惊动了排长，也惊动了罗班长，他们箭一般从宿舍里蹿出来，以为小黑发现敌特分子，在拼命示警，却不是。排长看罗班长,罗班长不好意思地说,小黑太热要洗澡。仿佛罗班长给组织提了分外要求一样不自然。排长倒爽快地说:"哎呀呀,咱们就光顾了自己舒坦,把小黑给忘了。"排长当场安排罗班长带着小黑洗澡。罗班长领命,就带着小黑下到河里,小黑直着眼睛看罗班长,押着脖子就是不往下走。罗班长看出了小黑的意思,为难地说:"人娇嫩,可这水对于你——"话没说完罗班长就打住了,他从小黑眼里看出了不满。无法,待众人洗完后,罗班长把小黑带到了澡堂里,调好水温,罗班长把小黑带到了莲蓬喷头下面。小黑习以为常一样横着躺在了水流下面,罗班长准备离开,小黑扭头看他,罗班长又留下,像搓背师傅一样细心伺候小黑,小黑则完全舒展在水雾下面。那是小黑如梦如幻的一次享受。

从洗澡间里出来,小黑迷蒙着望一眼重峦叠嶂的山峰,感觉自己和山峰一样高大和挺拔,甩一甩身子,一袭水珠猛烈地击打在罗班长的身上,侧眼望去,罗班长默默地拭去了水珠,小黑初时还萌生一丝不安,怕罗班长生气,随即想着,他对班里的战士爱护备至任劳任怨,都是战友,我又何尝不能享受这样的待遇?便觉得是理所应当。洗完澡的小黑躺在山风飘过的棚子里,耳闻蛐蛐此起彼伏的鸣叫,从身体到内心都是无比舒畅。

山里的秋天随着阔叶树木的凋零,说来就来了。山里的秋天短暂,有时一场来自蒙古高原的寒风之后就是冰冷的冬天,为了防止万一，每到九十月份的时候，哨所就要开始准备冬储煤。大卡车就把煤卸在山脚下，往年战士们一人一个背篓，就那样一背篓一背篓把几卡车的煤块背到哨所里，这些煤供应哨所一个冬天的取暖还有开锅做饭。接到储煤通知的时候，哨长就说，这回小黑可要派上大用场了。小黑扬扬得意：看吧，关键时刻还要看我。小黑觉得自己已是哨所不可或缺的一员了。

背煤是那段时间哨所顶重大的一项任务，除了站哨，所有人员都要投入其中。哨所的安排是一个班站哨一个班待哨一个班背煤，背煤的班一回来稍作休息就要走上哨位，三个班如此循环，每个班一天也就背上两趟，即使筋疲力尽也没有多少成果。最为辛苦的当属小黑，它的背上被架上了两只大筐子，每天六趟往返于哨所和山脚。和以前周末下山不同，现在是天天干活，而且笨重的煤块像石头一样坚硬沉重，即使身强力壮，小黑也有些吃不消，但小黑自知吃的就是这碗饭，咬牙坚持着。

小黑的脾气是二班副班长惹出来的。那日跑到第三趟的时候，小黑已经气喘吁吁，低着头有气无力跟着队伍蹒跚着朝山上走，偶一抬头，看见战士们都是半筐，而自己却是满满的两大筐，心里就有些不爽。尤其今天早上的时候，还有一个不懂事的家伙向哨长建议说，能不能给小黑再加两个筐子。听这么说，小黑心情分外压抑，它就怕哨长应下来，那自己可真就是吃不了兜着走了。还好哨长深明大义，他体恤小黑的不易,断然拒绝,说不能把小黑累趴下。即使这样,小黑仍旧为自己的两大筐耿耿于怀。中途短休息的时候,走在最后的二班副班长竟然不作声地把自己的煤筐架到了小黑的背上,小黑扭头看,二班副微笑致意,仿佛小黑跟他有多熟似的。小黑不悦,扭过头来,继续前行,它想着要怎样甩掉这个多余的煤筐。终于在一个狭窄的拐弯处,它晃一晃身子,二班副没有抓紧的煤筐就哗啦啦掉下了山坡。听见二班副"哎呀呀"的声音,小黑并不理会,继续走自己的路,走过一段,扭头看,二班副正狼狈地提着筐子捡拾四下散落的煤块,脸上身上,都抹成了黑乎乎的一片。它昂起头,继续大步流星。卸完煤稍事休整,小黑跟着三班再次下到半山腰的时候,才见二班副狼狈地往上走,小黑对二班副视而不见,二班副看着迎面而来的队伍,无奈地摇摇头。

背煤的那段时间是小黑到哨所后最劳累的日子,每次回来它都软塌塌地卧在棚子里,不想动,甚至吃饭都是卧着。由于劳动量大,罗班长给小黑改善了伙食,每餐都有白嫩的白菜叶子和鲜绿的菠菜叶子,小黑自然吃得香喷喷。小黑最不喜欢在吃饭的时候有战士把吃剩的饭菜倒进它的盆子里,它认为那些剩饭剩菜应该倒给后院里的大白猪和大白鹅,而它理所应当要吃新鲜的营养的食物。可那天,一个冒冒失失急着站哨的战士还是把半碗饭倒进了小黑的盆子里,小黑非常气愤,想站起来一脚把盆子掀翻,可瞬间,剩饭的香味吸引了它,它不知道是什么东西,舔一口,满嘴喷香,于是不做犹豫,风卷残云伴着食料吃完了。小黑问罗班长为何物,罗班长说回锅肉,于是小黑记住了那好吃的东西叫回锅肉,这是小黑有生以来的第一次饮食体验。后来某日,思念美味的小黑辗转给罗班长表达了想顿顿吃回锅肉的想法,罗班长解释,哨所的菜品每日不同,每周只有一次吃回锅肉的机会。小黑此时不知如何得知香味不光回锅肉有,什么肉都有,于是提出要吃肉。罗班长这次倒爽快,毫不犹豫就答应了。小黑也觉得,干这么多活,吃点肉又算什么呢?于是小黑每顿都有了肉吃,有时是红烧肉,有时是粉蒸肉,当然还有回锅肉,小黑知道吃肉的香,却不知道罗班长已经没有肉吃,他没法名正言顺给哨长汇报小黑要吃肉的详情,这完全在情理之外,可罗班长又不想让小黑失望,于是让出了自己的那一份。

吃了肉,小黑的劲头就比往日恢复得快,背煤的力量更大,虽然背上磨破了皮,但垫几块破布,它仍然负重走在上山的崎岖小道上。其间一名首长上来视察过一次,批评了猪圈的卫生,批评了哨所记录的不规范,然后摸着小黑受伤的脊背说,小黑今年算是立大功了。听这样说,小黑就分外高兴,摇着漂亮的大尾巴对首长表示感谢,偌大的一个哨所,处处不如意,却只有它为哨所争得表扬与荣誉。很长一段时间里,小黑都沉浸在这种沾沾自喜里,它觉得自己若托生个人,完全可以取代哨长担负大任。

紧赶慢赶,终于在落下第一场雪之前,哨所圆满完成了冬储煤的任务。总结会上,哨长讲了问题和不足,然后指着卧在棚子里的小黑说,要是没有小黑,这冬储煤可能还有一大半在山脚下堆着呢。哨长号召官兵都要向小黑学习,排除万难不怕牺牲。晚上哨所会餐,罗班长为小黑弄了一大锅肉汤,就着残存的肉片,小黑呼呼隆隆喝得很是带劲,喝完了,舔舔罗班长的脸庞表示感谢。随后雪季到来,那年的第一场雪整整下了三天三夜。

官兵们怕小黑冻着,抱来一大堆麦草给小黑做了厚实的垫子,而且用塑料把棚子围挡起来,不见风,不见雪,寒冷也被逼到了棚子外面。但寒夜里的小黑感到孤独,冬夜山谷的静谧也让它惊恐,咳咳两声响亮的叫唤之后,罗班长出现了,小黑说,它想住到哨所的楼房里。罗班长为难,小黑说,如果不答应,它就绝食。小黑的重点不在于绝食,而是告诉罗班长吃不了饭就干不了活,周末驮运物资它就爱莫能助了,这在哨所当然是个大事件。罗班长不能擅自做主,就报告了哨长。哨长在外面走了三圈,又在小黑的棚子里站定,说,这外面还真是有些冷,于是同意腾出一间仓库把小黑安顿到楼房里。小黑抖擞身子,就跟着罗班长搬了家。

小黑昂着头走进楼里的时候,望了一眼瑟瑟发抖的大白猪和大白鹅,骄傲地说:"我是和你们不一样的。"猪和鹅当然知道彼此之间的不一样,小黑几乎只有每周一次的疲劳,它们却要在这里忍受寒冷以及即将到来的新年里的杀戮,这是千百年来物竞天择的自然法则,它们无可奈何只能逆来顺受。但骄傲的小黑和它们不一样，它虽然只是一头驴，但它享受了人的待遇，吃上了肉，住进了楼房，不知道后面还有多少幸福等待着它，这些都是大白猪和大白鹅可望而不可即的，正所谓身在咫尺，命运天涯。

虽然住进了楼房里，可未过几日，各种问题就接踵而至，尤其小黑无节制的吃喝以及无节制的排泄，不光让布置得窗明几净的新居一塌糊涂，各种臊臭还在暖气的怂恿下四下流窜，窜进宿舍，窜进厨房，窜进每一名官兵的鼻孔里肺里。开始大家还只是忍，后来大家实在受不了，就托罗班长劝说小黑节制饮食。罗班长一开口小黑就不干了，说罗班长干涉驴身自由，罗班长无语，只能默默退出。见无效，众人一纸申请，联名要求把小黑迁出楼房。这味道哨长其实也没少闻，有时候臭得他平白无故就想呕吐，但已经做出小黑迁入的决定，他不好朝令夕改再把小黑迁出，于是开大会鼓励大家再忍一忍。哨长说："冬天已经来了，春天还会远吗？"大家明白，哨长的意思是说，春天一到就把小黑迁出去。大家于是只能捂着鼻子默默地等待。此事之后，小黑就有些不高兴，觉得战友们不像以前那么爱它了。

一连几天里，小黑都黑着个脸，对那些微笑示意的战友视而不见，它想着，你们驴前一套驴后一套，都不是什么好人，对于罗班长，小黑仍是如此态度。温和善良的罗班长好几次喂食的时候都想和小黑沟通一下，讲一些他所认可的做人的道理和做驴的道理，可刚一开口，小黑就转身给他一个黑乎乎的屁股,罗班长无法,只能悻悻离去。

　　为了尽量减少小黑排泄物对大家的伤害,哨长做出决定,所有人轮班每天对小黑的圈舍进行打扫。起初小黑不乐意,觉得麻烦,后来也就习惯了。但有些打扫的战士就发牢骚,说:"不就是一头驴吗?竟然比哨长待遇都好。"战士的意思是说哨长都自己叠被子打扫卫生,小黑却好吃懒做。小黑对于这样的评价非常气愤,抡起大尾巴就扫到了战士的脸上,战士气愤,用扫把打了小黑,你来我往,一场较量惊动了众人,好不容易两边才被劝下。事后有批评战士意气用事的,也有批评小黑不可理喻的,唯有一条让小黑分外不爽,就是有人说,何必跟一头驴计较。小黑觉得这是看不起它,好坏它也是带编制的军驴,他们竟当面说三道四,在骨子里小瞧了它。小黑愤愤地喘着粗气,如果距离近,它真心想尥那个自以为是的家伙一蹶子。

　　任凭怎样不高兴,每周一次的任务是不能不完成的,虽然经历了一场风波,但周六早上小黑还是早早准备就绪,饭后就跟着战士们下了山。冬天的山上总是银装素裹,一场大雪洋洋洒洒下起来就没完没了,短则三五天,长则十天半个月,等结束的时候远处近处都是白茫茫的一片,就算冬日温暖的太阳照上三天,也不会消融多少,可三天之后,另一场雪风卷云涌,又早早地做好了降落的准备。这天的大山丝毫没有多少改变,小黑和战友们深一脚浅一脚往山下走去。小黑毕竟四条腿稳当一些,那些战友就不行,轮番摔倒在狭窄的小道上,行走得特别艰难，尤其背了生活物资之后，弯曲的姿势使他们行走起来颤颤巍巍，大家都小心翼翼，一只脚试着站稳了，才敢抬起另一只脚，偶尔狭窄的地方，还要帮衬着一个个通过，不要说赶时间，只要不摔得全身泥污就是万幸。在这样的道路上，小黑也不敢掉以轻心，稍有不慎，它也会被摔到沟涧里去。即使这样，上到一半的时候，小黑还是示意一个瘦弱的新兵把一袋面粉放到了它的背上。新兵感激地望着小黑，小黑鼓鼓的眼睛里也释放出和善与友爱，新兵就亦步亦趋托着小黑身上的负重向上走着，一路上，小黑周身也流淌着幸福的温暖。

　　小黑也在反思自己，作为黄土塬上的一只驴，能走进这巴南军营也不容易，虽然功不可没，但自己不能沾沾自喜，也不能得罪了身边的一个个战友，他们或许瞧不起它，但它要温顺地让他们接受。罗班长不也是来自黄土塬吗？战友们没有一个另眼看他，都当他是好班长好大哥。小黑并不认为自己是天生的离群索居型，它有改善与战友关系的强烈愿望。

　　战友们轮番打扫卫生的时候，它温顺地摇着尾巴，不管他们喜不喜欢它都用舔舌头的最高礼仪对待他们。它不再把排泄物喷涂得到处都是，它会约束自己小心翼翼地把固体的或者液体的排泄物准确地排泄在专用的盆子里。小黑在寻求改变，在追求进步，想成为一头受欢迎被喜爱的军驴。

　　一切努力都在收获回报，哨长说："小黑越来越通人性了。"战友们说:"哎呀呀,小黑真的长大了。"就连罗班长走进兴的时候也舒展开笑容,欢乐地和小黑说古道今。小黑告别灰暗世界,又阳光灿烂地欢快起来。就连忧愁着春节越来越近的大白猪和大白鹅也悄悄地说:"小毛驴,你变得越来越阳光了。"小黑说:"那当然,春节的到来并不能影响到我快乐的情绪,我们是不一样的。"一番好意却受了打击,大白猪气愤地说:"不要兴奋得太早,我们都是人类的奴隶,你迟早也摆脱不了走上餐桌的命运。"大白鹅说:"你跟我们相比,只是干了更多的活,受了更多的气,最终是要变成驴肉的。"小黑听了很不美气,赤红着脸说:"我和你们不一样,春节马上就要到了,屠刀就要落到你们的脖子上了,我为你们感到可怜和悲哀。"大白猪和大白鹅仍旧辩驳,小黑却不敢听,腾挪四蹄回到了楼房中的圈舍里。

　　躺在干燥清香的麦草上,小黑思绪复杂。它原本只是周一等周末,周末盼周一,对更加长远的一生没有深入的思考,但与大白猪、大白鹅一番辩驳后,心中增添了忧愁。在黄土塬上的老家里,它知道所有的同类在老迈的时候都不可避免地要走上屠宰场,不管曾经在主人眼里是多么忠诚和骁勇,最后在砍刀的冰冷切割下,都会变成一块块的肉,走进不同人家的案板,炖进不同人家的铁锅,从嘴里到胃里,最后变成一文不值的粪土。这是驴的命运,这是牛的命运,这是它所认识的所有动物的命运,它以前没有想过这些问题,现在想起来,就有些害怕,那血淋淋的结局难道它也是不能避免的吗?小黑侥幸地想着:

"我是有编制的军驴,没有人敢随便屠杀我的。"这样想着,心中却还是害怕,这是内心深处对宿命的深深恐惧。

罗班长看出了小黑的心不在焉,小黑没有隐瞒,和盘托出它的担忧。罗班长没法给出小黑某种承诺,他只是默默地给小黑拌着草料,并把自己的那份回锅肉倒进小黑的盆子里搅拌,他摸着小黑的脑袋,知道小黑此时心中的郁闷和纠结。罗班长似乎想了很长时间,然后慢慢给小黑讲经历的或听来的故事。罗班长说以前另一个哨所有一条军犬,因为抓过敌特分子所以立了功,服役满年限之后按理要退回军犬训练基地,但官兵们竭力挽留,后来军犬就留在哨所,好吃好喝直到寿终正寝。罗班长说,另一个团有一头耕牛,在农副业生产中出了大力,年老无力后团里的官兵就把它养起来,想到哪里就到哪里,除了团长政委,官兵们见了它都要敬礼。罗班长说……那天小黑已经忘记了肉的香味,它完全沉醉在了罗班长的故事里,它坚信罗班长说的每一个故事都是真实的,在每一个幸运的动物身上,小黑都能看到自己的影子,似乎自己和军犬、耕牛一样,都能干到退休那一日。

有了信心小黑就重新斗志昂扬起来,它不知道耕牛有没有立功,反正军犬是立功之后得到老干部待遇的,所以它狠下一条心来,要在年底立功。那段时间,小黑比以往任何时候都要勤快,下山之前,它早早就在路口等待着,上山的时候,它总是尽可能多地驮运物资,任劳任怨、言听计从,而且尽可能把自己的圈舍里弄得整洁一些,免得战友打扫的时候多费气力,倔强的性格也改变许多,温顺得令人心疼。官兵们又喜欢和小黑打成一片了,有事没事喜欢摸摸它的头,还有它那威风凛凛的尾巴。

进入十二月份,一年一度的年终工作总结就要开始了,从哨长到列兵,大家都在紧张地准备个人总结材料,小黑知道,在总结大会上,人人都要念自己的总结材料,让大家监督批评,还要投票选出先进单位、立功个人、哨所之星等等。以前这些都是哨长说了算,但现在不一样了,从上到下都提倡敏感事物公开化,所以和入党提干一样,人人都有表决权,什么事情都要投票决定,票数多就是王道。小黑开始着急起来,别人写了工作总结才可能参与评选,可它没法写,就连参评的机会都没有。急切中小黑想到,到时候自己说让罗班长翻译不也一样吗?这样一想,小黑就坦然了,开始搜肠刮肚地打腹稿,个人总结嘛,就是说成绩,今年干了什么,好的地方在哪里,还有多少不足。如此,小黑就打开了记忆的闸门,从走过"军事禁区"的界碑,到承担起驮运物资的重任。小黑知道,一切成绩都要用数字说话,它算了一下,前后驮运物资一百二十九个来回,二百五十八个单趟,行程两千七百多里,驮运物资三千五百多公斤,价值八十多万元,身上受伤十一处……梳理了一大堆数字之后,小黑就开始想总结的开头,它默念着:尊敬的哨长、各位战友,转眼间一年就要过去了,回望来路……从头到尾捋了好几遍,小黑心里有了底气,只等总结大会召开。

约莫一个星期之后,小黑苦苦等待的时机终于到来,哨长一句"通知全体人员开总结大会"的命令让小黑异常激动,它兴奋地围着圈舍转圈圈。会议室就在小黑圈舍的斜对面,一声集合哨之后,战友们跑步集合,整队完毕,哨长宣布总结大会开始。按照顺序,从一班长开始轮流陈述总结,几个人之后,听得津津有味的小黑才意识到哨长把自己忘了,于是在圈舍里使劲发出响动。不想,为屏蔽噪音,哨长竟把会议室的门关上了,也把小黑的频频示意拒之门外。小黑不甘心,便咴咴地叫了起来,可那日正好罗班长值哨不在,没人能听懂狂躁小黑发出的语言信号,嫌太聒噪,哨长命令一个战士说"把驴牵到外面去"。哨长的命令小黑听得真真切切,话音刚落,一个战友就走进小黑的圈舍,不耐烦地拉它走出圈舍,走出楼道,并且把缰绳紧紧绑在了户外的棚子里。小黑仍咴咴叫着,它告诉战友,出来就出来,也不至于绑上吧。到哨所之后,小黑一直是自由的,脖颈上的缰绳只是个样子货,它从来没有被束缚过,这一次,战友却限制了它的驴身自由。任凭怎么说,战友就不理它,并且不耐烦地对着咴咴叫的小黑就是一巴掌,警告说,不许叫。小黑彻底伤心了,因为哨长"把驴牵到外面去"的绝情,因为战友粗暴无礼的相待。小黑垂头丧气地站在棚子里,隐约仍能听到会议室里战友们的轮番总结,也能听到此起彼伏热烈的掌声。

会议结束后,小黑并不知道哪个班是先进,哪个人立了功,它知道的是一切都与它无关了。当初听完罗班长的一席话之后,它以为可以和军犬、耕牛一样为自己的生命迎来转机,到头来却是一场空,立不了功,它永远就是一头普通的驴,纵使有千种万种的功劳,也没人会关注它,免不了案板之上的悲哀。想到此,小黑甚至有一些憎恨,憎恨生而为驴,憎恨哨长的绝情,憎恨战友的粗鲁。各种憎恨交织,让小黑没有一点食欲。罗班长看出了小黑的心思,劝慰说,什么事情都不在一时半会儿,这次机会抓不住还有下次,来日方长。小黑不应答,仍旧垂头丧气。

　　一场接着一场的降雪之后,春节就慢慢迫近了。那天一个战友的霍霍磨刀声刺痛了小黑的神经,它感觉五脏六腑在剧烈的颤抖中就要碎裂一般,它僵持在原地,一动不动。比小黑更加惊恐的是肥硕饱满的大白猪和大白鹅,大白猪在圈舍里一圈一圈奔跑着,伴随吱吱的叫声,充满悲戚和绝望,大白鹅伸出雪白的长脖子呆呆地望着磨刀的战士,绿豆般的小眼睛里空洞而迷茫。一切杀戮是在中午的阳光下烧开一大锅热水之后进行的,惊恐的小黑静静躺在圈舍里,一动不动,唯恐弄出一丁点的声音引起众人的注意,它伸长了耳朵,仔细聆听外面的一举一动。外面乱糟糟的,有人说话有人嬉笑,中间掺杂着木柴燃烧噼噼啪啪的声音,还有铁钩子碰撞在一起叮叮咣咣的声音,每一丝风吹草动都让小黑头皮发麻,它惊恐于此,却又强迫自己关注于此。它听到了众人急促奔跑的声音,继而平静,有大白猪的叫声,却没有大白鹅的叫声……

■ 远远的天边有座山

小黑在迷蒙中惊醒的时候,看到罗班长正站在它的面前,和往常一样,罗班长把一碗肉菜倒进了小黑的草料里,小黑没问,但它知道,它面前喷香的美食里,有大白猪的一部分,也有大白鹅的一部分,它张不开嘴,只是默默地流泪。罗班长当然知道小黑的心思,哀叹一声说:"每一个生命都有自己的使命,有时候不能选择,只能等待命运的安排,就像这猪和鹅,它们就是提供肉食的,所以免不了这一天。"罗班长还说,小黑的使命是驮运货物,应该尽职尽责干好每一天。但小黑知道,年轻的它使命是驮运货物,如果年老呢? 大白猪大白鹅的悲哀或许就在前面等着它呢。

很长一段时间里,小黑都在思考生命的归宿问题,食宿不香,干活也有气无力。春节过后,哨所的警戒任务相对轻了一些,一些老兵就轮流打报告休假。那段时间哨所里非常热闹,有人要休假,与大家依依告别,有人刚回来,大包小包带着各种土特产。这热闹的场面勾起了小黑的思乡情绪,它想起了自己在黄土塬上的生活,一年不到,在它却像是很多年以前的事情了,它想念那里的沟沟坎坎,它想念那头温顺饱满的小奶牛,它想念那些惊恐奔跑的猫猫狗狗,甚至想念对它并不友善的暴躁的主人,尤其听说罗班长即将休假的消息后,它思乡的情绪更加强烈。小黑想着,它也打报告休假,这样罗班长就能带着它一起回去,然后再一起来。罗班长否定了小黑的想法,说:"这不可能。"小黑不满:"你们能,我为什么不能?"罗班长欲言又止,小黑说,

"我知道,你们觉得我就是一头驴,可我是有编制的驴,和你们一样,所以你们能休假,我自然也能。"相持不下,官司打到哨长那里,哨长乐了,问罗班长说:"小黑也想休假?"罗班长点点头。哨长摸着脑袋想了片刻说:"其实这个小黑想的也有道理,我们看父母,它也看父母,人之常情也是驴之常情,可是,可是这个没有先例,再说小黑走了这冰天雪地背物资就成了个事。"一番商议下来,小黑算是明白哨长的心思了,只想让它累死累活在这里干活,从没想过它的福利待遇,它拉长了脸,实在不想搭理哨长,它越来越觉得哨长在利用它,是个居心叵测的家伙。

最后一场雪在春天温煦的阳光中逐渐消融的时候,罗班长提着大包小包回家了,虽然他保证会把小黑的思念带到小黑父母还有小奶牛那里,但小黑还是怏怏不快,它失去了一次荣归故里衣锦还乡的机会。站在哨所的入口处,它痴痴地望着罗班长的身影,直到在密林深处彻底地消失。

哨所又买回了一头小白猪和一只小白鹅,两个小家伙一到哨所就异常兴奋,东瞅瞅西看看,叽叽喳喳不停交流着所感所悟。小黑不知道它们从哪里来,却知道它们终究要到哪里去,不知道它们什么时间来到这个世界,却知道它们什么时间离开这个世界。它同情它们,它并不打算告诉它们大白猪和大白鹅的故事。反正不能改变,知道那么多又有什么意义呢?

小黑打定主意了,它不能这样闷头一直干下去,就像大白猪和大

■ 远远的天边有座山

白鹅预言的那样,等到精力耗尽的那一天,它也不可避免地要走上案板走进蒸锅,猪和鹅的下场就是它的下场。它庆幸自己是清醒的,能够提早抉择它的未来和命运,它决定抗争,离开这风景秀丽却充满绝望的哨所。

那天跟着二班下山的时候,小黑就开始思考是从山脚背物资的时候跑还是在半山腰跑,这种巨大的冒险让它有些紧张,脑袋四下晃动的同时,鼻子里还呼哧呼哧冒着热气。罗班长不在,没有人看出小黑的异常,崎岖的山路上,大家有说有笑。是落在后面的二班副最先发现小黑不见了,于是整个二班都警觉起来,这弄丢了驴可不是小事,大家不敢怠慢,赶紧分头寻找。二班长有经验,叫齐众人说:"不要乱跑,就顺着这条河道往里找。"原来在这山高林密的夹缝里,有一条山洪冲刷出来的四五米宽的河道不规则地横陈其中,看来小黑也无处可走,只能顺着这条河道逃跑。河道里全是坚硬冰冷的鹅卵石,任凭小黑还是战友们,都跑不快。二班副自知殿后的他对丢驴一事负有主要责任,所以一马当先冲在最前面,几分钟后,他就看见了前面甩着尾巴想跑起来却动作缓慢的小黑。二班副悄悄加快脚步靠上去,冷不防抓住了小黑的尾巴,小黑吓了一跳,本能地尥蹶子,一下子蹬到二班副胸前,将其当场掀翻,随即撒欢跑起来。跟在后面的二班长见小黑逃跑,加快脚步向前冲去,小黑力气尚可,速度却不行,只几分钟,就被二班战士逼到了河道里的一个死角,它昂着头几次想突围出去,却被战士们死死围住没能得逞。二班长有经验,缓缓靠上去冷不防抓住了那根晃荡在小黑胸前的缰绳,并死死地拉向怀中,小黑挣扎,二班战士一拥而上,将它牢牢地控制住。小黑哎哎大叫,却没有丝毫办法。二班副胸骨骨折,小黑闯了大祸,被绑在圈舍里,算是关禁闭。小黑非常害怕,不知道哨长要怎样处置它,尤其听到厨房磨刀的声音,它就有一种大限将至的错乱感觉。

哨长并没有惩罚小黑,只是它脖颈上的缰绳绑得更紧了。第二周,小黑仍旧跟着大家下山背物资,这回大家都防着它,一人牵缰绳,一人在后面警戒,纵使再大胆,小黑也不敢复有非分之想。小黑为自己踢伤二班副短暂地内疚了一下,又开始陷于对自己命运的思考。虽然逃跑没有得逞,但并不意味着它接受了逆来顺受的命运,人类一思考上帝就发笑,但这并不影响小黑对于未来驴生的设计,它尽量去做自己所能做的一切。

逃跑不成的四周后,小黑在一次上山的途中"驴"失前蹄摔倒,撞断一棵小树,树干生生捅进小黑的臀部,鲜血像自来水一样流淌下来,战友们吓坏了,赶紧用衣服为小黑包裹着回哨所。医生看后说要休息三到五周,并开了一些止血消炎的药品,小黑躺在寂静的圈舍里,仍旧有几分后怕,多亏它选择的地方并不陡峭,多亏树干只是捅进臀部,它的这一次险象环生的冒险,为它迎来了一个月的休息时间。但是一个月后,走出圈舍的小黑仍旧颤颤巍巍,一走山路,它就习惯性地跌倒,扶都扶不住,几次尝试之后,大家就放弃了对小黑的役使。哨长说,这驴怕是有了走山路恐惧症,等三班长回来再说吧。就这样,小黑在圈舍里用吃饭睡觉打发日子。

小黑不喜欢别人公然叫它是"驴",虽然这是事实,但它觉得这是一种侮辱,这是对它的蔑视。近段时间以来,越来越多的战友开始忽略了"小黑"的称呼,都叫它"驴",尤其哨长,他的语气里有一种厌烦和气愤。小黑觉得这个哨所已经对它不友好了,仅仅因为它受伤没有干活,他们就完全改变了态度,它更加厌烦战友,更加厌烦哨所。

小黑正在梦里追逐小奶牛的时候,听见响动,睁开眼,是罗班长,小黑呼哧呼哧笑了起来,旋即又拉下了脸子。罗班长回来后知道了一切,包括小黑怎样逃跑,怎样受伤,又怎样长期休养。别人看不懂小黑,罗班长能看懂,他问小黑是不是不想干了,小黑说:"是不想干了,这里的人不友好,这里的环境太恶劣。"罗班长说:"我们哨所的每个人都有自己的责任,你也有自己的责任,谁都不能推脱不能抱怨。"小黑反驳:"我和你们不一样,你们能休假我不能。"罗班长说:"你不能光看好的也要看不好的,我们还要站哨要训练,要有很多临时任务,你要理解,要有自知之明。"小黑说:"我理解你们,谁理解我?"小黑已经坚定了罢工的念头,罗班长无可奈何。

后来哨所就没有尝试让小黑再下山背物资,和一年前一样,一切都承载到了战士们的背上。小黑没日没夜躺在圈舍里,没有战友来看它,它也不搭理其他战友,只有一天三餐的时候罗班长会出现在圈舍里,仍旧端一碗肉菜,仍旧为它梳理毛发。小黑不干活了,饭量却不减,身上臃肿的脂肪把皮毛鼓鼓地撑开,动一下身子都很艰难。小黑和罗班长也少有交流,罗班长默默地干完一切,又默默地离开,小黑理所当然享受一日三餐,在没有想明白以后的道路往哪里走之前,它不想和任何人说多余的话。

在一次温暖幸福的睡梦里,刚刚和小奶牛告别,小黑竟然惊惧地见到了大白猪和大白鹅,它们大摇大摆走到了小黑跟前,小黑不知所措,它知道它们已经成为刀下之鬼,却不知道它们为何又会扬扬得意地出现在眼前。大白猪说:"你和我们一样了。"大白鹅说:"驴就要变成驴肉了。"小黑据理力争:"你们被杀与我无关,不要来诅咒我。"大白猪说:"我们不是诅咒你而是提醒你,以前我们只是吃饭长肉,理所当然要成为人类的盘中餐,它们要的就是我们美味,你是因为每周驮运物资才躲过一劫,而现在你整天除了吃饭就是睡觉,和当初的我们还有什么区别?你觉得自己距离成为盘中餐的日子还会远吗?"大白猪和大白鹅都发出了幸灾乐祸的笑声,小黑在笑声中惊醒,淋漓大汗中大口大口喘着粗气,战栗不止。

晚上的梦境在脑子里久久盘绕,小黑思来想去,觉得梦中的大白猪和大白鹅说得太有道理了,当初战友们对它好是因为它驮运物资,如今还管吃管住能图什么? 它小黑除了身上日渐饱满的驴肉之外还

■ 远远的天边有座山

　　能有什么？想到这里，小黑就激出一身冷汗。两个战友在楼道里的闲聊也引起了它的警觉，它听到他们说最喜欢吃驴肉，听他们说驴肉火烧，听他们说驴肉汤，听他们说凉拌驴肉，小黑臆想着，自己果真要和大白猪大白鹅一样躺上案板了，稍微的风吹草动都让它觉得自己随时随地都有被杀戮的可能。

　　不能等待了，小黑咴咴大叫，它要见罗班长。罗班长看到小黑眼睛里的涟涟泪水，不知道发生了什么，赶紧抚慰，小黑哀求说，它要下山，要为哨所驮运物资。罗班长笑着说，不急切，养好伤再说，再说今天也不是周末。小黑呼啦站起来说，它已经没有伤了，全身都好好的，它跳跃着展示自己健全的肢体，身上的肥肉随之呼隆隆地颤抖着。罗班长说，身体就算养好，以后也不用下山驮东西了。小黑绝望了，呆立在圈舍里，无言垂泪。

　　哨所并没有杀掉小黑的打算，而是从关中地区找了一头年轻健硕的关中驴替代小黑，哨所有驴的编制，却不独是小黑的编制，只要是一头驴就能取代小黑，取代小黑干活，也取代小黑享受编制带来的衣食住行等诸多待遇，哨所没有权力随便宰杀一头驴，但可以用其他驴取代，会有人关注驴在不在，却不会有人关注小黑在不在。上午关中驴到达哨所的时候，也是小黑离开的时候，小黑见到关中驴享受了它初到哨所时的掌声和欢笑，时过境迁，这一切的享有者曾经是它，此刻却变成了关中驴，它只能旁观，战友们对它已经视而不见了，小黑五味杂陈心头沉重。

小黑退役记

和初来乍到一样,哨所委派罗班长把小黑送回老家,临走,小黑有些不舍,回过头来,还能看到棚子边缘一张张泛黄的照片,上面有战友情深,也有它的英姿勃发,它知道,很快这些照片就要被撕掉了,会换上更加年轻更加英俊的关中驴的照片,很快大家就会把它忘得一干二净。哨长督促了,罗班长不得不拉紧了缰绳,哨长上去推一把小黑的屁股,意味深长地说,这驴和人一样,想法太多总归不是太好的事情。小黑听了若有所思,追着罗班长的脚步,它踏上了走过几百次的山间小道,这一回它买的是单程票,此一去,将不再回来,小黑不舍,贪婪地回过头来,渴望把一切都装进眼睛,好在以后的日子里作为深沉的回忆,毕竟,此去将不再回来。

曾经享受军队编制的小黑就这样退役了,来也匆匆去也匆匆,开始和结束一样突然。和来时一样,小黑从巴南军营走向甘肃黄土塬上的心情也是复杂的,它想摆脱命运的设定,一番主动作为之后,却又陷入对死亡的恐惧,解除了这个恐惧迎来它想要的结局,却无可奈何陷入更大的失落之中,一番左右腾挪穷尽心思,竟仍是望洋兴叹无能为力,小黑悲观地意识到它的生命是无解的。它尚未离开就开始怀念盘桓在山路上背送物资的欢乐,它一直以为那是焦灼的辛苦,现在才知那是纯粹的幸福。

罗班长也有些心情复杂,他以为他带到哨所里的小黑可以陪伴他十年八年,却不想,只有一年时光,小黑便给他出了一个又一个难题,最终以离开作为军旅生涯的终结。罗班长知道小黑在想些什么，就像当初考军校不中，组织让他去士官学校上学时的心情一样，他不甘心一辈子就做个士官，他的梦想是军官，是说一不二的将军，但每一个生机勃勃的生命都要服从现实的安排，罗班长最终屈服了，他扛着士官军衔在这个偏远冷清的哨所一待就是多年，可小黑不同，它有太多一头驴不该有的想法。

小黑热泪盈眶回到黄土塬上的时候，没有任何一个动物为它的到来表现出哪怕一丁点的喜悦或激动，那个曾经和它耳鬓厮磨的小花牛拖着肥硕的乳房徜徉在太阳底下，每日里能产几十斤奶，一只小牛犊绕着它跑前跑后，小黑痴情凝望着在它梦里出现过千百回的初恋，但小花牛无动于衷，在它浑浊的眼睛里小黑并不能看到惊喜和欢迎，它用尾巴扫着飞来飞去的苍蝇，偶尔张开嘴巴漫无目的地"哞"一声。那些猫猫狗狗仍旧活跃，它们欢乐地追逐在小黑后面，像在观赏一个外星来客。主人对小黑的到来亦是没有一丝动容，习以为常一样，当天就驾着驴车给黄土塬上的庄稼拉粪。

时光穿梭，小黑又回到了一年前的生命轨道上。在哨所里胡思乱想的时候，小黑怎样都没有想到，它会回到黄土塬上重复日复一日的辛劳，从那一日起，它又成为黄土塬上一头平常的驴子，每一天都有沉重的负担，每一天都要经受皮鞭的折磨，每一天都杂草果腹，每一天都在室外迎接暴风骤雨，一晃就是十多年的光阴。小黑浑浊的眼睛里已经泯灭了希望,它的皮毛失去了光泽,它的身体上伤痕累累,它曾经矫健的四肢也蹒跚笨拙,小黑老了,跑一趟远路都会气喘吁吁,却在皮鞭的震慑下不敢停歇。多少回里,小黑想前想后,想要自由,想要待遇,想要辩驳,想要抗争,却未曾料定一番折腾后所有的希望都被一笔勾销,重新回到了蛮荒寂寞的生命旅途上,如果可以重来,它更愿意回到热火朝天的巴南军营里,可它自知时光流转,一切都不可能了,那些往事一旦错过就不再重来。那一年的军旅生涯是小黑生命里财富的全部。在百无聊赖的痛苦生活的重复里,回忆巴南军营是它的快乐,亦是它的悲伤。就在这种循环往复的快乐和悲伤中,小黑驾着驴车,背负耕犁,也消磨着卑微屡弱的生命。

在一个雨后初晴的上午,主人卸去了小黑身上束缚多年的笼头和缰绳,小黑长舒一口气,那种久违的自由让它无比欢快,可是很快,小黑就感觉不对劲,它看到了院子外面三三两两靠近的村人,看见了门口大铁锅里热水沸腾冒出的热气,还听到了木柴燃烧时噼啪作响的声音,它知道大限已近,想逃跑,却来不及了,几个村人已经牢牢抓住了它的脖子,一阵冰凉,小黑惊恐地看到自己的血液像流水一样倾洒出来,染红了皮毛,染红了大地,它有些眩晕,它慢慢地倒下了,在迷蒙中,它又回到了巴南军营,看到了重峦叠嶂的山峰,看到了棚子里精致并且五彩缤纷的合影。